打动孩子心灵的经典故事

世界神话故事
WORLD MYTHOLOGY

国风 编写　贾晓曦 绘

中国少年儿童新闻出版总社
中国少年儿童出版社
北京

图书在版编目（CIP）数据

世界神话故事 / 国风编写. —— 北京：中国少年儿童出版社，2020.03（2020.10重印）
（打动孩子心灵的经典故事）
ISBN 978-7-5148-5923-2

Ⅰ.①世⋯ Ⅱ.①国⋯ Ⅲ.①儿童文学 – 神话 – 作品集 – 世界 Ⅳ.① I18

中国版本图书馆CIP数据核字（2019）第285407号

SHIJIE SHENHUA GUSHI
（打动孩子心灵的经典故事）

出版发行：	中国少年儿童新闻出版总社 中国少年儿童出版社
出 版 人：	孙 柱
执行出版人：	马兴民

本书策划：缪 惟 李世梅	责任校对：夏明媛
责任编辑：李世梅	责任印务：厉 静
封面插图：马 天	
封面设计：北京市绿水馨亭文化发展有限公司	

社　　址：北京市朝阳区建国门外大街丙12号	邮政编码：100022
总 编 室：010-57526070	发 行 部：010-57526568
编 辑 部：010-57526320	
官方网址：www.ccppg.cn	

印刷：北京瑞禾彩色印刷有限公司

开本：889mm×1194mm　1/16	印张：11
版次：2020年3月第1版	印次：2020年10月北京第2次印刷
字数：130千字	印数：5001-10000册

ISBN 978-7-5148-5923-2　　　　　　　　　定价：68.00元

图书出版质量投诉电话010-57526069
电子邮箱:cbzlts@ccppg.com.cn

目 录

希腊神话

奥林匹斯山之王宙斯……………………… 2

普罗米修斯盗取天火……………………… 6

潘多拉的盒子……………………………… 11

洪水中的一对夫妻………………………… 14

北欧神话

混沌初开…………………………………… 20

宇宙树……………………………………… 24

奥丁智盗灵酒……………………………… 30

奥丁旅行人间……………………………………35

力量之神托尔的故事……………………………42

春之女神伊顿……………………………………49

光明之神巴尔德之死……………………………54

正义之神弗塞提…………………………………60

太阳神和可伊拉…………………………………65

巴比伦神话

马多克创造天地…………………………………70

吉尔美加什的诞生………………………………75

吉尔美加什和他的朋友们………………………80

吉尔美加什勇战洪波特…………………………84

爱神伊什特尔……………………………………88

红妖黑牛…………………………………………93

智取文明的阿丽娜女神…………………………97

灾难之神爱拉……………………………………101

水神安琪和妻子娜格尔塞克……………………106

印第安神话

日月神 …………………………………… 112

太阳神和他的儿女 …………………………………… 117

战　神 …………………………………… 121

非洲神话

太阳神莱昂的故事 …………………………………… 126

冥王奥西里斯 …………………………………… 131

怪鸟斯 …………………………………… 135

雷神的礼物 …………………………… 139

寻找德里比卢 ………………………… 143

亚洲神话

天帝因陀罗 …………………………… 150

恒河女下凡 …………………………… 155

大鹏鸟救母 …………………………… 160

富士山的传说 ………………………… 165

希腊神话

奥林匹斯山之王宙斯

宇宙万物开创之时，世界处于混乱状态。在茫茫的黑夜和混沌之后，出现了一对神仙：地母该亚，天神乌拉诺斯。地母是一切生命的源泉，她先生下了三个百手怪人和三个独眼巨人，后又生下了十几位兄弟姐妹，其中最有名的是克洛诺斯和瑞亚。天神围着地母，他们是创世之初最伟大的神。

地母和天神的孩子长相古怪、可怕，个个有高明的武功，并且力大无穷。天神担心他的孩子们游手好闲，到处惹是生非，就把百手怪人和独眼巨人打入地狱。地母该亚心疼自己的孩子，就劝其他的孩子去解救地狱中的兄弟。只有小儿子克洛诺斯敢按照母亲的吩咐去做。他拿起镰刀与父亲乌拉诺斯展开了搏斗。他砍伤了父亲，解救了他的兄弟，并在他兄弟的帮助下打败了自己的父亲，当上了奥林匹斯山之王。

可是几个世纪后，克洛诺斯就忘记了兄弟给他的帮助，再次把他们打入地狱。一天，他求地母该亚为他的前途做出预测。母亲说："有其父必有其子。你的孩子会效仿你，把你推翻。"从此，克洛诺斯坐卧不安，害怕儿子篡夺自己的王位，妻子先后生了五个孩子，克洛诺斯都没让他们活下来。妻子又快生了，她怕丈夫再害这个孩子，就偷偷地跑到克里特岛的一个山洞里，生下了这个男孩，并取名宙斯。为了

瞒过克洛诺斯的眼睛，她用布裹住一块石头，谎称这是新生的婴儿。然后把布包儿递给克洛诺斯，他将石头一口吞下了肚。宙斯躲过一劫，母亲把他送给了仙女瑞亚抚养，由瑞亚的仆人来看护，吃山羊的奶。每当小宙斯哭闹的时候，他们就用剑狠狠地敲击铜盾，盾发出的响声掩盖了孩子的哭声，才没有被他的父亲发现。

宙斯长大成人后知道了自己的身世，决心救出自己的同胞兄弟。他回到了奥林匹斯山，篡夺了王位，成了奥林匹斯山的统治者，救活了被他父亲害死的五个兄弟姐妹。但克洛诺斯的力量还在，他不认输。有几个克洛诺斯的兄弟站在了他的一边，一起向宙斯展开了进攻。战斗异常激烈，祖母暗中支持他，并劝他解救被克洛诺斯关在地狱里的百手怪人和独眼巨人。宙斯遵照地母该亚的建议，亲自到地狱救出了他们。获得了自由的百手怪人和独眼巨人赠

送给宙斯的兄弟姐妹每人一件有力的武器。宙斯的武器——霹雳雷电，威力最大。宙斯凭借这个强大的武器，在众神的帮助下，取得了战斗的最终胜利。他推翻了父亲的统治，让众神折服，获得了至高无上的权力。

宙斯是希腊神话中的主神，第三任神王，掌管人、神两界，公牛和鹰是他的标志。他高坐奥林匹斯山的宝座，手握霹雳雷电，维持着天地间的秩序，拥有无上的权力和力量，他的决定不可改变；他是正义的引导者，他对人类的统治公正不偏，掌握着令人毛骨悚然的地狱。但宙斯的统治刚柔并用，惩罚和爱抚并重，很少动用雷电和地狱。

在巩固了自己的统治之后，宙斯娶了非常漂亮的赫拉做天后。赫拉生有两男两女，是一位备受人们尊敬的、贤惠的母亲。在宙斯热恋赫拉时，他经常变成一只杜鹃接近她，所以后来杜鹃成了这位女神的圣鸟。在宙斯和赫拉结合时，大地为了庆祝他们美满的婚姻，特别为他们生出了许多苹果树。树上结满了金色的苹果，这些苹果树也就是生命树。赫拉是最有威信的女神，她脚穿金草鞋，坐在黄金宝殿上，其光荣和威严简直无与伦比。赫拉是天后，权威极大，诸神都慑服于她的威仪。她是完美女性的典范，是忠贞妻子的形象，也是妇女和婚姻的保护神。

普罗米修斯盗取天火

　　天和地被创造出来，鱼儿在水里游，鸟儿在空中飞。大地上动物成群结队，但却没有一个有灵魂的，也没有谁能主宰周围的世界。这时普罗米修斯降生了，他是地母该亚与乌拉诺斯所生的伊阿佩托斯的儿子。他聪敏而睿智，知道天神的种子藏在泥土中，于是他捧起泥土，用河水把它调和起来，按照天神的模样，捏成了人的形状。他又从动物的灵魂中摄取了善与恶、勇猛与胆怯、谦恭与贪婪、勤劳与懒惰等各种特性，将它们掺和在一起填入泥人的胸膛。他又请来智慧女神雅典娜，让他向泥人吹了口神气，泥人借助神的灵气而获得了灵性。这样，第一批人就在世上出现了。他们在大地上繁衍生息，很快就遍布各处。但很长一段时间，他们不知道该怎样使用他们的四肢和神赐的灵魂。他们不知道采石、烧砖、建造房屋。他们像蚂蚁一样，居住在黑暗的洞穴里，不知道春夏秋冬四季的变化。普罗米修斯就帮助他们观察日月星辰的升起和降落；为他们发明了数字和文字，让他们懂得计算和用文字交换思想；他还教他们耕种粮食、饲养动物和建造航海用的船，让他们生活得更舒适。

　　不久前，宙斯放逐了普罗米修斯的父亲伊阿佩托斯，推翻了古老的神族。宙斯和他的儿子们是天上新的主宰，他们开始注意到刚刚形成的人类了。他们要求人类

敬重他们。一天,在希腊的墨科涅,诸神集会商谈,确定人类的权利和义务。普罗米修斯作为人类的维护者出席了会议。在会上,他设法使诸神不要因为答应保护人类而提出苛刻的献祭条件。普罗米修斯决定用自己的智慧来蒙骗神。他宰杀了一头大公牛,请神选择自己喜欢的部分。他把献祭的公牛切成碎块,分为两堆。一堆放上肉、内脏和脂肪,用牛皮遮盖起来,上面放着牛肚子;另一堆放的全是牛骨头,巧妙地用牛的板油包裹起来,这一堆比另一堆大一些。宙斯看穿了他在玩弄伎俩,便说:"你把祭品分得多不公平啊!"这时,普罗米修斯越发相信他骗过了宙斯,于是笑着说:"尊贵的宙斯,你就按自己的心愿挑选一堆

吧！"宙斯很气愤，却故意伸出双手去拿雪白的板油。当他剥掉板油，看清这全是剔光的骨头时，生气地说："我看到了，伊阿佩托斯的儿子，你还没有忘掉你欺骗的伎俩！"

宙斯受了欺骗，决定报复普罗米修斯。他拒绝向人类提供生活必需的最后一样东西：火。普罗米修斯马上想出了巧妙的办法。他拿来一根又粗又长的茴香秆，扛

着它走近驰来的太阳神阿波罗的太阳车时，将茴香秆伸到它的火焰里点燃，然后带着闪烁的火种回到人间，第一堆木柴很快燃烧起来，火越烧越旺，大火冲天。宙斯见人间升起了火焰，大发雷霆，他眼看已无法把火种从人类那儿夺走了，气急败坏。宙斯决定向普罗米修斯本人报复。他拿出了最有力的武器霹雳雷电来威胁普罗米修斯，普罗米修斯毫不害怕，他向宙斯发出了鄙视的大笑。宙斯召来了赫淮斯托斯和他的两名仆人。这两名仆人外号叫作克拉托斯和皮亚，即强力和暴力。很快，他们抓到了普罗米修斯。他们把普罗米修斯拖到斯库提亚的荒山野岭，并用牢固的铁锁链将其捆绑，锁在高加索山的悬崖上，下面是可怕的深渊。赫淮斯托斯非常同情普罗米修斯，但又不能不执行宙斯的命令，可是，执行残酷命令的两个粗暴的仆人，因他说了许多同情的话，把他痛斥了一顿。

普罗米修斯被锁在悬崖绝壁上，他直挺挺地吊着，无法入睡，无法弯曲一下疲惫的双膝。但最使他难以忍受的是宙斯派来了一只凶猛的神鹰。神鹰每晚飞来用它锋利的爪子撕裂他的胸膛，啄食他的肝脏。肝脏被吃掉多少，很快又恢复原状。他不仅承受着饥渴、炎热、寒冷、风吹、雨淋的痛苦，还要忍受着神鹰吞噬他身体时的折磨，但是他的精神却坚不可摧。他大声喊叫，呼唤风儿、河川、大海、大地和太阳来为他的苦痛做证，他说要学会承受命中注定的痛苦。可是不管他发出多少哀诉和悲叹，都无济于事，因为宙斯的意志是不可动摇的。他被吊在悬岩上，度过了漫长而悲惨的岁月。

许多年后的一天，赫拉克勒斯为寻找赫斯珀里得斯来到这里。他看到恶鹰在啄

食可怜的普罗米修斯的肝脏，这时，他便取出弓箭，把那只残忍的恶鹰从这位苦难者的肝脏旁一箭射落。然后他松开锁链，解救了普罗米修斯，带他离开了山崖。但为了满足宙斯的条件，赫拉克勒斯把半人半马的肯陶洛斯族的喀戎作为替身留在悬崖上。喀戎原本可以要求永生，但为了解救普罗米修斯，他甘愿献出自己的生命。为了彻底执行宙斯的判决，普罗米修斯必须永远戴一只铁环，环上镶上一块高加索山上的石子。这样，宙斯可以自豪地宣称，他的仇敌仍然被锁在高加索山的悬崖上。

潘多拉的盒子

很早以前,人间没有火,人们吃生食、怕寒冷,生活在一片黑暗之中。天神普罗米修斯怜悯人类,不顾主神宙斯的禁令,从太阳神阿波罗那里盗取了火种,教给人们使用火的方法。从此,人间有了温暖,大家和睦相处,生活得十分幸福。那时的人们根本不知道什么是疾病、饥荒、风暴和灾害。四季温暖如春,人们个个身强力壮,不衰老,聪明能干。人们十分感谢普罗米修斯。宙斯却决定把灾难降临人间。

他命令他的儿子火神赫淮斯托斯用泥土制作一个女人,取名潘多拉,意为"被授予一切优点的人"。每个神都给她自己的优点,让她变得十分完美。阿佛洛狄忒送给她迷人的美貌,赫耳墨斯送给她伶牙俐齿,阿波罗送给她音乐天赋,宙斯给潘多拉一个密封的盒子,里面装满了祸害、灾难和瘟疫,让她送给娶她的男人。宙斯将这位丽人遣送到人间,众神和凡人正在大地上休闲游荡,其乐融融,大家见了这无与伦比的漂亮女子,都十分惊奇,称羡不已,因为人类中从未有过这样漂亮的女子。她姿容绝美,见者无不为之倾心。信使赫耳墨斯将她带给普罗米修斯的弟弟厄庇墨透斯。潘多拉见到老实厚道的厄庇墨透斯,非常高兴。普罗米修斯认为宙斯对人类不怀好意,他曾告诫弟弟厄庇墨透斯不要接受宙斯的赠礼,可弟弟厄庇墨透斯

不听劝告,娶了美丽的潘多拉。

潘多拉双手捧着一只密封的大礼盒,走到了厄庇墨透斯的身边。

厄庇墨透斯兴高采烈地把她迎入屋内。厄庇墨透斯看着美丽、端庄、大方的潘多拉,早把哥哥的警告抛在了脑后。信使赫耳墨斯看着厄庇墨透斯把潘多拉娶到了手,自己完成了任务,就准备回去向宙斯交差了。临走前,他对潘多拉说:"请你记住,没有宙斯的允许,任何人不准打开那个盒子。"

这一对夫妻相亲相爱,过了一段十分幸福的日子。但不久灾难就降临到了人间。

一天,潘多拉一个人在家,目光落在了密封的盒子上,她非常好奇,盒子里装的是什么呢?为什么不让我打开?在好奇心的驱使下,她不由自主地走到了盒子边。她一把抓住沉甸甸的盒子

盖，用力一推，打开了一条小缝隙。突然，从盒子中冒出了一股浓浓的黑烟，黑烟迅速充满了小屋，像乌云般紧紧地将她围住了。潘多拉吓坏了，急忙把盒子盖上，可是已经晚了。这股祸害人间的黑色烟雾从盒中迅疾飞出，犹如乌云一般弥漫了天空。黑色烟雾中尽是疾病、疯癫、灾难、罪恶、嫉妒、奸淫、偷窃、贪婪等各种各样的祸害，这些祸害飞速地散落到人间。智慧女神雅典娜为了挽救人类命运而悄悄放在盒子底层的"希望"还没来得及飞出盒子，潘多拉就把盒子关上了。

因此，希望就永远被关在了盒子内。从此，各种各样的灾难充满了大地、天空和海洋，疾病日日夜夜在人类中蔓延、猖獗，死神步履如飞地在人间狂奔，希望的精灵也留在了人间。希望能医治人们的痛苦，给绝望的人们带来信心、力量、光明。

洪水中的一对夫妻

在人类的早期时代，世界的主宰者宙斯不断地听到人类的恶行，他决定扮作凡人降临到人间去察看。一天深夜，他来到阿耳卡狄亚国王吕卡翁的大厅里，吕卡翁不仅待客冷淡，而且性情残暴。宙斯以神奇的先兆，表明自己的神性。人们都跪下来向他顶礼膜拜、祈祷。吕卡翁却不以为然，而且还嘲笑人们的虔诚，并且说："让我来验证一下他是人，还是神吧。"他决定在半夜宙斯熟睡的时候杀了他。

宙斯一眼就看穿了他的想法。宙斯被激怒了，他唤来一团复仇的怒火，投放在这个不仁不义的国王的宫院里。国王吕卡翁惊恐万分，想逃到宫外去。可是，他发出的第一声呼喊却变成了凄厉的号叫；他身上的皮肤变成粗糙多毛的皮；双臂刚接触到地，就变成了两条前腿。从此吕卡翁成了一只茹毛饮血的恶狼。

宙斯回到奥林匹斯山上，他与众神商量，决定彻底消灭人类。他想用闪电惩罚整个人类，但又担心会殃及天国。于是，他决定降下暴雨，用洪水灭绝人类。这

时,除了南风,所有的风都被锁在岩洞里。南风接受了命令,扇动着湿漉漉的翅膀飞到大地上,将大块的乌云聚集起来,飞到空中,再用手狠狠地挤压浓浓的乌云,顿时,雷声隆隆,大雨如注。暴雨淹没了大地。

宙斯的弟弟,海神波塞冬也不甘寂寞,急忙赶来帮着搞破坏。他把所有的河流都召集起来,说:"你们应该掀起狂澜,吞没房屋,冲垮堤坝!"波塞冬还亲自上阵,手执三叉神戟,撞击大地,为洪水开路。洪水汹涌澎湃,势不可当。泛滥的洪水涌上田野,犹如狂暴的野兽,冲倒大树、庙宇和房屋。水位不断上涨,不久便淹没了宫殿,连教堂的塔尖也卷入湍急的旋涡中。很快,整个大地变成了一片汪洋大海。

人类面对滔滔的洪水,绝望地寻找救命的办法。有的爬上山顶,有的驾起木船,航行在淹没的房顶上。一群群人都被洪水冲走,幸免于难的人后来也饿死在光秃秃的山顶上。当初,普罗米修斯因为替人类盗取天火,被宙斯锁在了高加索的悬崖上。他预先知道了宙斯要用洪水毁灭人类,就把这个消息告诉了他在人间的儿子丢卡利翁。丢卡利翁很快造了一只小船,他和妻子皮拉坐上了小船。

宙斯召唤大水淹没大地,报复了人类。他从天上俯视人间,看到千千万万的人中只剩下一对可怜的人,漂在水面上,这对夫妇善良而信仰神灵。宙斯平息了怒火。

他唤来北风,让北风吹散了团团乌云和浓浓的雾霭,让天空重见光明。掌管海洋的波塞冬见状也放下三叉戟,使滚滚的海涛退去,海水驯服地退到高高的堤岸下,河水也回到了河床。渐渐地,群山重现,平原伸展,泥泞而潮湿的大地又显

现出来了。

丢卡利翁看看周围，大地荒芜，一片泥泞。看着这一切，他禁不住流下了眼泪，他悲哀地对妻子皮拉说："我们两个人是大地上仅存的人类，其他人都被洪水淹死了。一切危险都过去了，可是我们孤单单的两个人在这荒凉的世界上，又能做什么呢？唉，要是我有我的父亲普罗米修斯创造人类的本领，那该多好啊！"妻子听他说完，也很悲伤，两个人不禁痛哭起来。他们没有了主意，只好来到半荒废的圣坛前跪下，向女神忒弭斯恳求说："女神啊，请告诉我们，该如何创造新一代的人类。请您帮助我们，让沉沦的世界再生吧！"

女神说："请离开我的圣坛，戴上面纱，然后把你们母亲的骸骨扔到你们的身后去！"

两个人听着女神神秘的暗示，十分惊讶。皮拉说："高贵的女神，宽恕我吧。我不得不违背你的意愿，因为我不能扔掉母亲的遗骨，那样会冒犯她的魂灵！"

但丢卡利翁的心里却豁然开朗，他顿时领悟了，他对妻子说："如果我的理解没有错，那么女神的命令并没有叫我们干不敬的事。大地是我们仁慈的母亲，石块一定是她的骸骨。皮拉，我们应该把石块扔到身后去！"

话虽这么说，但两个人还是将信将疑，他们想不妨尝试一下。于是，他们转过身子，蒙住头，再松开衣带，然后按照女神的命令，把石块朝身后扔去。奇迹出现了：石头突然不再坚硬，而变得柔软了，逐渐成形。石头上湿润的泥土变成了一块块肌肉，结实坚硬的石头变成了骨头，石块间的纹路变成了人的脉络。奇怪的是，

丢卡利翁往后扔的石块都变成男人,而妻子皮拉扔的石头全变成了女人。就这样,人类又回到了人间,生活在大地上,生息繁衍。一直到今天,希腊人仍然把丢卡利翁和皮拉看成是自己的祖先。

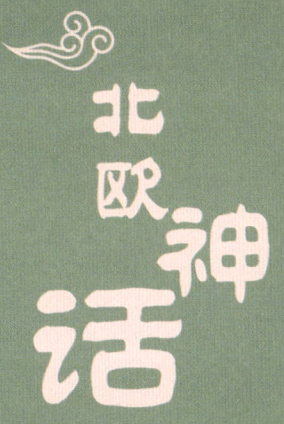

北欧神话

混沌初开

很久以前,天和地还没有形成,整个宇宙还是一团模糊。在这混沌中,有一道深深的鸿沟——金恩加鸿沟。鸿沟中没有生物,荒凉恐怖。它的北面是寒冷的冰雪世界,南面却是火焰的王国。

冰雪世界到处是冰山和积雪,浓雾终年笼罩着它。它的中间有一条奔流不息的河流,河水冰冷彻骨,水中夹带着大大小小的冰块。河水流向金恩加鸿沟,无数的冰块被水冲到岸边。几千万年以后,金恩加鸿沟的旁边,积起了许许多多

由冰块组成的山丘。

金恩加鸿沟南面的火焰之国，整天都燃烧着冲天的火焰。常常有火星飘落到鸿沟的两岸，落在沟北面的冰山上。火星带来的热量使冰块慢慢融化，可当火星的温度降下来的时候，冰化成的水又迅速凝结成冰。就这样反反复复，经过了几千万年，奇迹出现了：大自然孕育了第一个生灵——伊米尔。

很多年之后，伊米尔遇到了和他一样在冰山中诞生的母牛——奥都姆布拉。奥都姆布拉的乳房里流淌出四股乳汁，汇成了四条白色的河。伊米尔把牛奶当作食物，而母牛奥都姆布拉则把冰雪当作自己的食物，有时也舔食些冰雪上的盐霜。

时光流逝，很多年又过去了，牛奶中丰富的营养使伊米尔的身体变得高大挺拔，浑身有使不完的劲儿，这时的伊米尔长成了一位巨人。

有一天，在伊米尔睡着的时候，从他的两只胳膊下生出来一男一女两个巨人，从他的脚下也生出来几个孩子，伊米尔有了自己的后代。伊米尔的后代大多是些生性愚蠢的家伙，被称作"霜的巨人"。

很多年后的一天，母牛奥都姆布拉用舌头舔食冰雪上的盐霜的时候，舔出了一缕头发。第二天，母牛继续舔食盐霜，一个人的脑袋呈现在眼前。到了第三天，母牛舔出了一个活生生的人。这个人就是众神的始祖——布里。不久，布里生下了自己的儿子博尔。博尔很快就长大成人，他娶了女巨人培丝拉特为妻。博尔和培丝拉特一共生下了三个儿子，他们分别是奥丁、威利和维，他们英勇顽强，正直善良。他们是三位神明，后来成了世界的主人。

奥丁、威利和维一天天长大，身体越来越强壮。他们对眼前这个寒冷黑暗的混沌世界很不满意，不想永远生活在寒冷和黑暗里。他们发现要改变这一切，必须战胜这个寒冷黑暗、混沌世界的主宰者——伊米尔。为了心中美好的愿望，他们向巨人伊米尔发动了进攻。经过一场激烈的战斗，奥丁、威利和维胜利

了，他们杀死了伊米尔。

　　这时候，大地又发生了洪涝灾害。洪水冲向了"霜的巨人"，把他们都淹没了。只有一个叫贝格尔密的巨人，他聪明机警，他和他的妻子坐在一条小船上，没有被淹死。虽然经历了一场惊吓，可总算躲过了这次灾难。

　　奥丁、威利和维又运用他们的神力，让大地焕然一新，有了平整、肥沃的土地和许许多多的山脉，还有许许多多高大的树木和花草。奥丁、威利和维又从火焰国采到一些火星儿，撒到天上变成了星星。当完成这些工作后，他们觉得眼前的这个世界比以前美丽多了。

　　奥丁、威利和维又用木头雕刻了一个男人和一个女人，赋予他们生命和智慧，让他们在大地上繁衍自己的子孙。人类就这样诞生了，并开始一代代地繁衍下去，直到今天。

宇 宙 树

在宇宙的中心，生长着一棵高大挺拔的宇宙树尤加特拉希，它是宇宙中万物的起源。这棵树有粗壮的树干、茂密碧绿的枝叶，它生机勃勃地覆盖着整个天地，主宰着整个人类的命运。在宇宙树粗壮的树干下，连接着三条高高隆起的巨大树根，三条树根分别通往神国、巨人国和冰雪世界尼夫尔海姆。神国、巨人国和冰雪世界分别有一眼泉水，泉水正好在三条树根的末端。三眼泉水为宇宙树提供了足够的水分，宇宙树才能旺盛地生长。

在冰雪世界尼夫尔海姆的那眼泉水叫作海维格尔玛泉水，这里非常寒冷，所以海维格尔玛的泉水冰冷刺骨，整天冷气森森，但更让人感到寒冷的是，这里有条样子凶恶的毒龙。毒龙每天不断地用它锋利的牙齿噬咬着伸入泉水的宇宙树的树根，这条歹毒的巨龙企图将树根咬断，想让宇宙树死掉，把这个世界毁灭，可百万年过去了，人类仍然快乐幸福地生活着。

通往神国的那条树根连接的泉叫乌达泉。乌达泉波平如镜，四周风景如画。乌达泉的泉水不仅圣洁而美丽，而且能发出耀眼的光芒，把整个神国和宇宙树照耀得一片光明。在天地混沌初开时，两只水鸟飞到了这里，整天在泉水中嬉戏。不久，泉水改变了它们身体的颜色，把它们全身都变成了圣洁的白色。后来，人们就把这

种通体雪白的鸟叫作天鹅。

乌达泉里有美丽洁白的天鹅，泉边有青青的草地，众神都喜欢来乌达泉边的草地上散步，讨论天地之间的大事。众神之王奥丁为了方便众神到优美的乌达泉边，就架起了一座美丽的七色彩虹桥——红、橙、黄、绿、青、蓝、紫，它就是我们雨后才能看到的彩虹。众神经常从彩虹桥上经过，到乌达泉边。乌达泉边经常是一片欢乐、热闹的场面。

三位美丽善良的命运女神乌达、维丹带和丝可特就住在乌达泉边，她们的使命就是守护宇宙树。她们每天不仅辛苦地用乌达泉水浇灌宇宙树的树根，而且还细心地查看宇宙树的树根，看一看树根上是否有裂口，如果发现树根上有了裂口，她们就用乌达泉边圣洁的白色泥土把裂口修补起来，裂口很快就会愈合。在三位命

运女神的辛勤浇灌和细心照料下，宇宙树生长得枝繁叶茂，生机盎然。

　　三位美丽的命运女神除了精心地呵护着宇宙树，还掌管着人类的生命线。年龄最大的女神乌达纺织生命，当生命从线轴上纺织出来的时候，人类就有了生命。女神中年龄较小的是女神维丹带，她用手捻线，测量出每个生命应有的长度。维丹带是个喜怒无常、性情不定的女神，当她不高兴的时候，她捻出来的生命线又短又粗劣，非常难看；当她高兴的时候，她捻出来的线又长又匀称，非常好看。可这样一来，人的命运就各有不同了：有的人一生快乐幸福，有的人却愁苦一生；有的人很长寿，可有的人年纪轻轻就失去了生命。女神中年龄最小的是丝可特，她的手中有一把锋利的剪刀，她每天按照维丹带测量出的生命的长度，用剪刀剪断。丝可特每用剪刀剪一下，人类中就有一个男人或女人的生命终结了。

　　宇宙树的另一条树根通向巨人国，巨人国中连接宇宙树的泉水叫密密尔泉。泉水清澈透明，充满知识和智慧。无论是谁，只要能喝上密密尔泉的水，他立刻就能变成一个拥有渊博知识的聪明人，就会有永远也用不完的知识和智慧。可是，要想喝密密尔泉的水，却是十分困难的，因为巨人密密尔不管白天还是黑夜，总是半步

　　不离泉水，任何人休想靠近泉水一步，所以，密密尔泉的水除了巨人密密尔每天饮用之外，任何人或神都喝不到。

　　每当太阳快要落山的时候，巨人密密尔就用一个很精致的牛角杯，舀上一杯泉水，自己有滋有味地慢慢饮用。时间长了，巨人密密尔的知识越来越丰富，也就越来越聪明了。

　　一天傍晚，众神之王奥丁来到密密尔泉边，看到巨人密密尔正在用牛角杯喝智慧的泉水。他看着充满知识和智慧、清凉透明的泉水，多么想喝上一口啊！这样自己就能变得更加聪明！于是，他向密密尔请求道："智慧的密密尔，你能让我喝一杯智慧之水吗?"巨人密密尔快速地摇了摇头。可奥丁并不灰心，他想了想又对巨人密密尔说："聪明可敬的密密尔，我多么想使自己变得聪明，有丰富的知识和无穷的智慧啊。我一定要实现我的理想。现在，不管你提出什么样的条件，包括让我失去我身体的一部分，我都会答应。"巨人密密尔听后对奥丁说："奥丁，我很欣赏你的勇气，我答应你，不过你要用你的一只眼睛来交换。只要你把自己的一只眼睛挖出来，扔到密密尔泉水中，我就让你喝个痛快。"巨人密密尔觉得这样一来，奥丁一定会放弃自己的念头，不会再来纠缠自己了。

　　失去身体的一部分当然是一件非常痛苦的事，可奥丁毫不犹豫地就做出了决定，他用手挖出了自己的一颗眼珠，然后抛进密密尔泉的水中。奥丁终于喝到了智慧之水，他喝了很多很多，从此，奥丁变得更加有知识和智慧了。他虽然为此失去了一只眼睛，可他一点儿也不后悔。奥丁因为有了超群的智慧而被称作"智者

奥丁"。

　　在伟岸茂盛的宇宙树尤加特拉希的顶部，站立着一只叫作吉伦卡玛的公鸡，这只公鸡浑身有着雪一样白的羽毛、火焰一样的鸡冠。它每天站在宇宙树上，为整个宇宙计算时间。当夜晚来临的时候，当天地间的万物都进入甜甜的梦乡时，白公鸡就开始数数儿。当它数完六十乘六十再乘十二这么多数儿后，就开始在宇宙树上放声歌唱。这时，黑暗逐渐散去，太阳在彩云中冉冉升起，新的一天就来临了。

　　宇宙树永远常青，人类就能永远幸福快乐地生活。

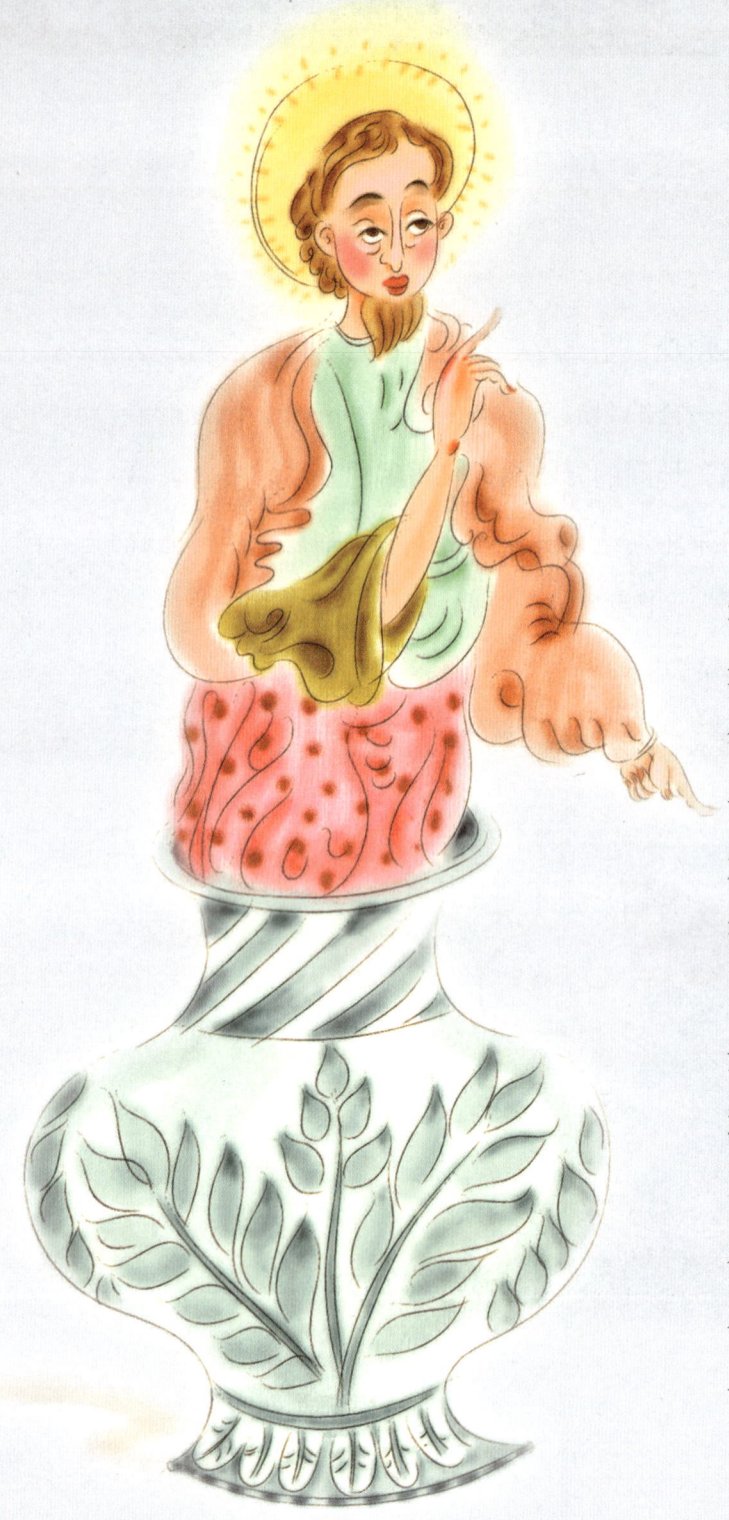

奥丁智盗灵酒

住在天国的亚萨神和华纳神之间,经常因为一些小事发生战争,这些战争影响了神在人类中的声誉。亚萨神族和华纳神族决定坐下来谈判,并达成了和平协议。众神都起誓愿意遵守协议的约定,他们起誓后都向坛子中吐了一口唾沫,表示以后自己能遵守诺言。

神的唾液中都含有他们的智慧和力量,坛子中的唾液混在了一起,神的智慧和力量也混合在一起。很多年过去了,坛子中的智慧和力量变化成一个男人,人们都叫他卡瓦西。卡瓦西是众神力量和智慧的结晶,所以他很聪明,世上再难的难题都难不住他。

卡瓦西经常到各地旅行,每到一个

地方，都能帮助人们解决很多难题。人们都很感激他，不管他走到哪里都会受到人们的欢迎。

有一天，卡瓦西来到了小人国，他的聪明也让小人国的人们叹服。有两个狡猾而又歹毒的小人非常妒忌卡瓦西的智慧，就把卡瓦西骗到一个偏僻的地方杀死，把卡瓦西的血液倒进了一个陶罐里，又掺进去一些蜂蜜，酿成了一种神奇的蜜酒。不管是谁，只要喝上一口，立刻会变得聪明起来，还能吟诵出优美的诗篇。

这罐灵酒藏在一个山洞里，由巨人的儿子苏特顿的女儿日夜看守。

灵酒的事传到天国众神之王奥丁的耳朵里，他想得到灵酒，就从天国降临到了人间。在一个庄园里看到有几个仆人正在割草，他们手中的镰刀已经很钝了，割起草来很吃力。奥丁拿出一块磨刀石，帮他们把镰刀磨得很锋利，这样割起草来就轻松多了。仆人们看到磨刀石很有用，想让奥丁把磨刀

石送给他们，奥丁同意了。可他们都想自己占有磨刀石，结果为得到磨刀石扭打在了一起。

天快要黑了，奥丁到农庄主人保吉的家中借宿，保吉是苏特顿的弟弟，他热情地招待了奥丁，并且把自己的心事告诉了奥丁，他的九个仆人割草时莫名其妙地互相割断了脖子。现在正是割草的季节，如果找不到新的帮手，冬天牲畜们都会饿死的，自己现在很发愁。奥丁听了对保吉说，他可以帮助保吉割草，自己一个人完全能干完九个人的活儿，不要报酬，只要能让自己喝上一口神奇的灵酒。保吉有些为难，但还是答应了。

在整个割草的季节，奥丁起早贪黑，辛勤地给保吉割草，他比九个仆人割的要多得多。保吉心里别提有多高兴了，他要兑现自己的诺言。

保吉带着奥丁来到哥哥苏特顿家里，请求自己的哥哥给这个能干的农夫喝上一口灵酒。苏特顿很吝啬，不同意给奥丁灵酒喝。保吉很生气，他要帮助奥丁偷取灵酒，来履行自己的诺言。

奥丁和保吉一起来到藏有灵酒的山洞旁，保吉在山上钻了一个小洞，这个小洞一直通到山洞里。奥丁变成一条长蛇，顺着小洞钻到了放灵酒的罐子旁。奥丁刚打开罐子，一股香气就飘进了他的鼻子里，真香啊！奥丁顾不上慢慢品尝了，他端起一个罐子一饮而尽，然后又端起一个罐子，不一会儿，三罐灵酒都进了奥丁的肚子。奥丁从山洞中钻出来，变成一只雄鹰，向天国飞去。

苏特顿发现灵酒被奥丁偷走了，也变成了一只雄鹰拼命地追赶奥丁。奥丁的嘴里含着三罐灵酒，飞得没有苏特顿快。苏特顿快要追上奥丁的时候，奥丁已经快要飞到亚萨园了。亚萨园的众神站在亚萨园的城头迎接奥丁。巨人苏特顿看到城墙上迎接奥丁的众神，知道自己是

战胜不了众神的,夺回灵酒是没希望了,只好垂头丧气地飞回去了。

奥丁把含在嘴里的灵酒分给众神和人类中的智者。从此,人类中的智者能写出许多动人的诗篇,他们把奥丁盗灵酒的故事写成了优美的诗歌,一直流传到今天。

奥丁旅行人间

众神之王奥丁有个最大的爱好，那就是喜欢到人间旅行，每当他处理完亚萨园的事情，就会变成老人、奴仆或者巫师来到人间旅行。他了解人类的痛苦，帮助人们解决生活的困难。因此，奥丁在人间留下了很多动人的故事。

有一次，奥丁和妻子芙莉格一起来到人间，他们装扮成渔夫，住在大海的旁边。一天傍晚，从大海里漂来一只小船，小船上有两个小男孩，一个有十岁左右，一个大约有八九岁，看两个孩子有气无力的样子，可能已经很久没有吃到食物了。奥丁和妻子很热情地招待了两个孩子，并很关心地询问他们从什么地方来，为什么两个人坐着小船在海上漂泊。两个孩子很难过地告诉奥丁夫妇说，他们俩哥哥叫吉洛德，弟弟叫安格纳，他们的父亲是一位国王。他们两个人很喜欢捕鱼，可自己的父亲又不同意，于是他们就偷偷地溜出来，找了一条小船，划着小船到海上捕鱼。谁知天有不测风云，正当他们玩得高兴的时候，平静的海面上突然刮起了大风，波涛汹涌，他们两个无法控制小船，只好让小船在风浪中漂泊。两天过去了，风浪把他们带到了这里。

听了兄弟俩的话，奥丁和妻子明白了。他们非常喜欢这两个孩子，决定留这两个孩子住下来，等到冬天过去了，再送兄弟俩回去，兄弟俩也答应了。

哥哥吉洛德和弟弟安格纳尽管都很可爱，可奥丁喜欢哥哥吉洛德多一些，奥丁的妻子芙莉格喜欢弟弟安格纳多一些。因为这，奥丁和妻子芙莉格暗地里打了个赌，在这个冬天，奥丁照顾、教育哥哥吉洛德，妻子芙莉格照顾、教育弟弟安格纳，然后看一看，兄弟两个谁能成为国王，给人类造福。

在整个冬天，奥丁照顾哥哥吉洛德，十分用心，妻子芙莉格照顾弟弟安格纳，也十分用心。兄弟两个在整个冬天都过得很幸福、很快乐，可他们却不知道是众神之王奥丁和他的妻子在照顾他们，只知道他们是住在海边的一对老渔民家。

冬天很快过去了，在一个风和日丽的日子，奥丁和妻子把兄弟两个送上小船，他们分手时，都有些依依不舍呢！小船很顺利地把小兄弟两个送回了家乡，他们从远处看到自己的家，都高兴地欢呼起来。可是，在他们的小船快要靠岸的时候，站在船头的哥哥吉洛德突然一下子跳上了岸，然后转身用力地一推，把小船和坐在船上的安格纳推进了海里，并且对着发呆的安格纳大声喊道："我们两个人只有一个人能做国王，所以只能有一个人回到父王身边，现在我就要回到父王那里了，你能漂到哪里，就看你的运气了。"说完，吉洛德就头也不回地向王宫走去。

两位王子失踪的消息对国王的打击很大，他整天派人寻找，怎么也找不到。人们都认为，两位王子凶多吉少。可就在国王将要绝望的时候，吉洛德回来了，国王别提有多高兴了，本来有病的身体一下子就好了。国王下令全国举行庆典活动，庆祝吉洛德王子的归来，并在庆

典上把王位让给了吉洛德，就这样，吉洛德当上了国王。

很多年过去了，奥丁想起了吉洛德。知道他现在已经是国王了。奥丁很高兴，于是对妻子芙莉格说："你还记得吉洛德和安格纳两兄弟吗？那一年冬天，我们在海边收留、照顾他们，并打了赌，我说吉洛德将来能做国王，你认为安格纳将来能做国王，现在

我的预言是正确的,吉洛德做了国王,而安格纳却下落不明,看来我的神力要比你大。"芙莉格听了,冷笑了一声,对奥丁说:"可惜,吉洛德是个十分残暴的国王,你要知道他统治下的人民生活多么痛苦!"奥丁听了,心里有些懊悔,想要到人间看个究竟。

原来,奥丁和妻子打赌以后,为了能取得胜利,奥丁悄悄地告诉吉洛德,在回家的路上暗算安格纳。现在听说吉洛德成了一个残暴的国王,奥丁心里有些后悔,又有些不大相信。

奥丁变成一位年纪很大的巫师,来到了吉洛德的王国。奥丁发现，这个国家不太富裕，人们都紧皱着眉头，看来，芙莉格说的都是真的，吉洛德的确是一个十分残暴的国王。奥丁很生气，心想：一定要狠狠地惩罚一下吉洛德，然后找一位心地善良、知道关心人民的人做国王。

奥丁在城里帮助了很多人，人们都很感激他，知道他是一位神通广大的巫师。很快，城里来了位神通广大的巫师的消息传遍了城市的大街小巷。这个消息也传到了吉洛德国王耳朵里，国王很想见识一下这个神通广大的巫师，于是便派手下的武士去把巫师捉来。

很快，奥丁装扮的巫师就被武士们抓住了。武士们把奥丁带到吉洛德国王面前，吉洛德国王问他叫什么名字，奥丁随便说了一个名字。吉洛德又问了他很多问题，并要求他帮助解决一些难题，可不管国王怎么问，奥丁一句话也不说。

吉洛德国王见奥丁不回答问题，对自己很不尊重，就让手下的武士用鞭子使劲地抽打奥丁，可奥丁还是一言不发。国王又让手下的武士使用了很多酷刑来对付奥丁，奥丁还是闭着眼、低着头，一句话也不说。国王有些累了，想休息一下，就让人把奥丁用铁链拴在柱子上。

吉洛德国王有一个很善良懂事的儿子，今年有八岁了，有趣的是他也叫安格纳。小安格纳看到柱子上拴着一位白发苍苍的老人，样子很可怜，心里很同情这位老人。小安格纳趁父亲不在，就用一只精致的牛角杯，端了满满一杯水给奥丁送来，并很关心地对奥丁说："我父王这样做是不对的，他不能这样对待一位老人，可我又没有办法，只有代他向您表示歉意。"奥丁听了很感动，他接过牛角杯，喝了一

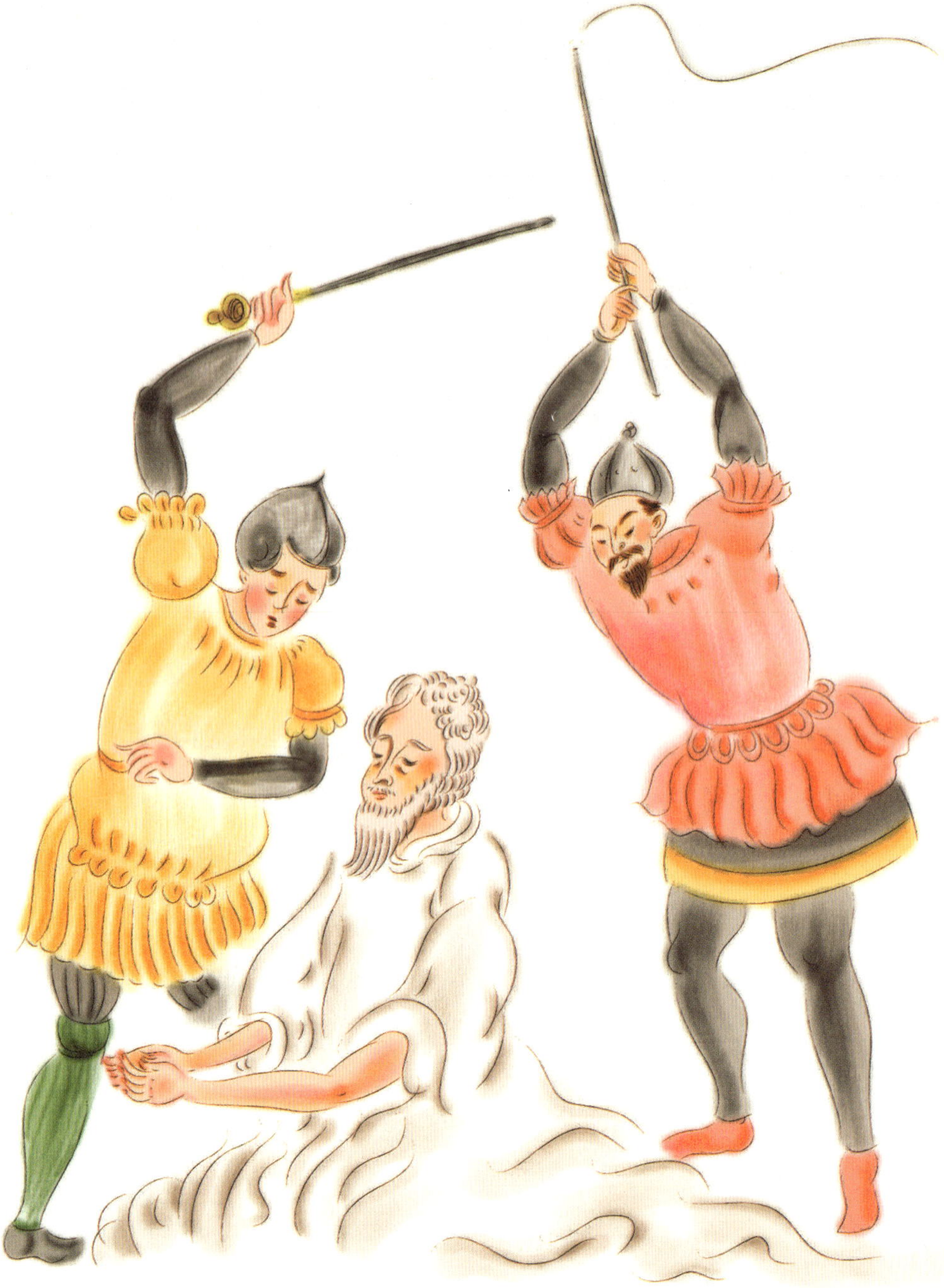

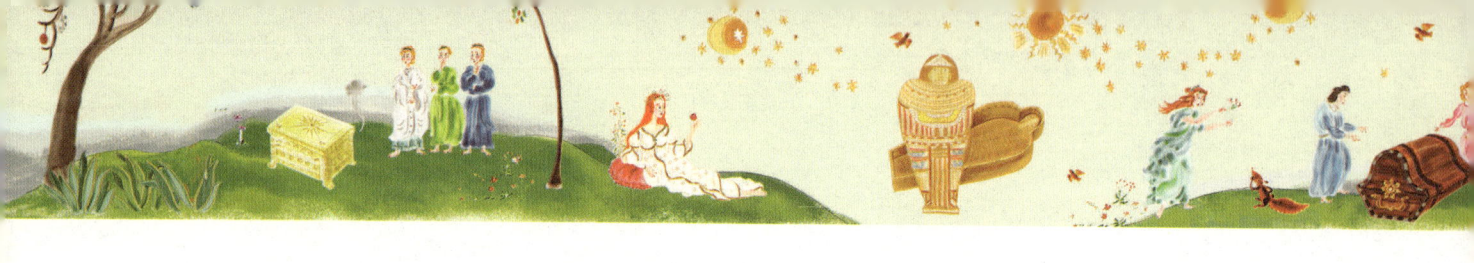

口水。

奥丁喝完水，开始对着小安格纳吟唱起来。他身后火盆里的火焰烧着了奥丁的衣服，可他一点儿也不在意。在红红的火光的映照下，奥丁向小安格纳详细讲了万物的创造和人类的起源，讲了亚萨园的众神。小安格纳听得简直入了迷。最后，奥丁告诉小安格纳，自己就是世界的最高统治者——众神之王奥丁。

吉洛德国王在奥丁开始向小安格纳讲故事时已经提着宝剑进来了，他也听得入了迷，不知不觉中松开了手中的宝剑。宝剑"当啷"一声掉在地上，但吉洛德根本就没有发觉。当他听到巫师说自己是众神之王奥丁时，不由得大吃一惊，急忙走向前，想扑灭奥丁身上的火。可吉洛德国王一不小心被地上的宝剑绊倒了，他一下子摔到了宝剑锋利的剑刃上死了。

奥丁讲完了故事，突然就消失了。吉洛德死后，他的儿子小安格纳成了国王，因为他心地善良，又受到奥丁的教诲，所以他将国家治理得非常好。从此，人们安居乐业，生活美满幸福，安格纳国王受到人们的尊敬，当然，人们也不会忘记众神之王奥丁。

力量之神托尔的故事

　　力量之神托尔是众神之王奥丁的儿子。他身材高大，精力充沛，有着无穷的力量。他一旦发怒，眼睛里就会有电火闪耀，非常吓人。但托尔为人正直，很多神都愿意和他交朋友。

　　力量之神托尔不但力大无穷，他还有三件宝贝，每一件都是稀世珍宝。第一件宝贝是一根魔法皮带，不管是谁只要系上这根皮带，身上就会具有双倍的力量，众神都叫它力量之带。第二件宝贝是一副铁手套，戴上它可以把大铁锤牢牢地抓在手里。第三件宝贝是一把铁锤，铁锤看上去样子很普通，却是小人国的能工巧匠辛德里兄弟用魔法的力量打造出来的，它是天下最有力的武器。铁锤能根据主人的命令，在伤害敌人之后，自动返回。每一次大铁锤从托尔手中飞出时，就会发出雷鸣般的声音，妖魔鬼怪听到这些声音就吓得浑身发抖，哪里还有勇气战斗呢？力量之神托尔用他的大铁锤保护着亚萨园的安全，也把大铁锤看作自己的生命，时时刻刻带在身边。

　　一天早上，托尔从睡梦中醒来，他习惯性地用手去摸枕边的大铁锤，没摸到，他心中一惊，赶忙又摸了一下，还是没有摸到。托尔猛地坐了起来，四下里寻找自己的大铁锤，可是依然没有找到。托尔着急了，他找遍了整个亚萨园，问遍了世间

的神、人、鱼，还是一点儿大铁锤的消息也没有。

众神听说力量之神托尔的大铁锤丢了，都来帮托尔想办法。神中最聪明、最有计谋的火神洛奇自告奋勇地站出来，他要为托尔找回大铁锤。托尔和众神都把希望寄托到了洛奇身上。

洛奇心中很清楚，在冰雪世界的巨人国，有位巨人叫特若姆，他很想得到托尔的大铁锤。这件事应该和巨人特若姆有关。洛奇来到了巨人国，刚好看到巨人特若姆在海边打鱼，洛奇悄悄地走过去，把特若姆打的

鱼全都扔进了海里。特若姆生气极了，怒气冲冲地跑过来，和洛奇打在了一起。巨人特若姆身材高大，很有力气，可是他动作笨拙，洛奇东躲西藏，不一会儿，就把特若姆累得气喘吁吁。洛奇看到时机成熟，就发起了猛烈的进攻，三下两下就把巨人特若姆打倒在地。洛奇把脚踏在特若姆的胸膛上，追问大铁锤的下落，特若姆回答说："我承认，是我偷了大铁锤，我把它藏在了一个秘密的地方，除了我，谁也不知道。你就是杀了我，我也不会说。但是，你和天上的众神如果答应把女神福莱娅送给我做妻子，我就把大铁锤还给托尔，否则，你们永远也别想再见到大铁锤了。"

洛奇看到巨人特若姆的样子很坚决，知道特若姆是不会轻易把大铁锤交出来的。洛奇只好放了特若姆，回到了亚萨园。

托尔和洛奇商量了一下，决定用计谋把大铁锤夺回来。他们让众神不要担心，于是托尔打扮成女神福莱娅的样子，穿一身白衣，洛奇穿一身红衣做女神的女仆，假装女神同意嫁给巨人特若姆。

天快要黑的时候，新娘和侍女来到了冰雪世界的巨人国。巨人国到处张灯结彩，挂满了各式各样美丽的冰灯，把夜晚的巨人国装点得美丽动人。特若姆准备了烤熟的鱼、牛肉、羊肉、甜饼、面包，还有一桶桶散发着醉人香气的美酒。

巨人特若姆一身新郎官的打扮，晃动着庞大的身躯，招呼着来贺喜的客人。新郎特若姆看到新娘和侍女来了，心中更高兴了，不禁手舞足蹈起来。他伸出大大的手掌，把新娘小心翼翼地托在手心，用眼睛盯着看了好一会儿，新娘太美了！他笑着对新娘说："欢迎你，美丽的女神！"然后，他又小心翼翼地把新娘放在了椅子上。

巨人国的巨人们看到小巧可爱的新娘子，也都觉得非常好玩，就端上丰盛的饭菜招待新娘。饭菜可真够丰盛的，有一只烤全羊、八条大鲤鱼、堆得像小山一样的甜饼，还有三大桶蜂蜜酒，这可是二十个女巨人一顿的食物！走了很远的路，托尔可能是饿了，为了一会儿和巨人打起来有力

气,他风卷残云般地吃光了桌子上的所有食物,新郎特若姆和其他巨人都很吃惊。扮作侍女的洛奇怕引起特若姆的怀疑,就赶忙说:"大家不要奇怪,女神福莱娅对自己的婚事很满意,今天一高兴,吃下了这么多,请大家不要见笑呀!"听洛奇这么一说,巨人们都放心了。

吃过了饭,巨人们又唱又跳,特若姆来到新娘跟前,越看越喜欢,忍不住伸手去揭新娘的盖头,想吻一下美丽可爱的新娘,可是他的手刚撩起面纱,还没有看清新娘的模样，眼睛就被两股灼热刺眼的光刺得生疼，他一下子跌坐在椅子上。洛奇扮作的女仆赶忙走过来，笑着对特若姆说："美丽的女神为了赶做自己的嫁衣，已经整整八天八夜没有合眼了，所以她美丽动人的眼睛中才会射出强烈的光。您千万不要看她的眼睛，要不然会伤到您的。您不要担心，幸福的时刻就在眼前了。"

特若姆听了女仆的话，不再担心。他对身边的仆人大声说："快去把托尔的那把大铁锤拿来，我听说这宝贝不但力大无比，而且能让婚姻美满幸福，赶快拿出来，

放在新娘的膝上，希望大铁锤能给我带来好运！"仆人一听，赶忙去取大铁锤。特若姆拿起金光闪闪的大铁锤，轻轻地放在了新娘子洁白的裙子上，口中还念念有词。

　　力量之神托尔早就在等待这一刻的到来了，一见到自己心爱的大铁锤，立即伸手紧紧地抓住，然后把盖头用手一扯，扔得远远的。这时，特若姆才发现，原来自己的新娘是力量之神托尔假扮的！怪不得新娘子能吃那么多的食物，眼睛里会放出刺眼的光芒。特若姆恼羞成怒，带着手下的巨人向托尔冲过来，要夺回大铁锤。可他们哪里是托尔的对手，托尔挥动手中的大铁锤，一个个巨人被击倒，其他的巨人一看便很快逃开了。

　　力量之神托尔拿着自己的大铁锤和洛奇一起回到了亚萨园。

春之女神伊顿

伊顿是掌管春天的女神，拥有青春之果。只要吃了青春之果，就会永葆青春。她随丈夫美神布拉奇来到一个叫阿斯加蒂的地方，诸神都很欢迎他们的到来。诸神由于血缘庞杂，也会一天一天老去。自从伊顿来到这里，众神吃了青春之果，永远都是那样年轻。

青春之果，放在一个用金丝编成的篮子里。金丝篮里的青春之果永远也吃不完。很多恶魔都在打这些宝贝的主意，想占有青春之果，以求长生不老。

有一天，火神洛奇到一个大森林中游玩，不小心被暴风雨巨人抓住了。他抓到了火神洛奇，觉得这是一次得到青春之果的好机会。他恶狠狠地对洛奇说："我现在杀死你很容易，不过，杀死你也不会给我带来什么好处，只要你答应和我合作，我就会放过你。你考虑一下吧！"火神洛奇为了活命，就答应了。暴风雨巨人对洛奇说："我也不瞒你了，我想得到春之女神伊顿的青春之果，可她居住在阿斯加蒂，那里的城墙很高，还有很多神守护着，我没有办法得到，今天，你只要答应帮我把伊顿从阿斯加蒂骗出来，其他的你就不用管了。不过，你要发下毒誓。"

火神洛奇只好发下毒誓，暴风雨巨人放了洛奇，隐藏在阿斯加蒂城外，开始了漫长的等待。洛奇回到阿斯加蒂城，也开始等待机会。

冬天到来了，伊顿的丈夫布拉奇到外地出游，只剩下女神伊顿自己住在宫殿中。其他的神也都整天躲在温暖的宫殿中，不再出门了。整个冬天，阿斯加蒂城都显得格外安静，这对洛奇来说，绝对是个好机会。

洛奇来到女神伊顿的宫殿中，伊顿很热情地接待了他。洛奇很客气地问候了伊顿，然后话题一转，对伊顿说："我最近遇到一件非常奇怪的事，在树林中，我无意之中发现了一棵果树，树上结的果实和青春之果一模一样，味道也和青春之果一样。我摘了几个果子，送给几位老人吃，你猜结果怎样？"女神伊顿听到这儿，吃惊地问洛奇道："结果怎样？"洛奇回答说："我想你也猜不到，他们居然都返老还童了，你说怪不怪！"女神伊顿听了摇头说："不会的，哪有这等事？根本不可能！"洛奇接着

说："我也不信，可这的确是事实。不信，我带你去看一看。"伊顿见洛奇说得很肯定，有些相信了。天真的女神伊顿哪里会料到，这是洛奇精心设下的骗局！

女神伊顿和洛奇刚一走出阿斯加蒂城，暴风雨巨人就出现了。他变成一只巨大的灰鹰，悄悄地跟在他们身后，当离开阿斯加蒂城一段路后，就从后面向女神伊顿扑过去，抓起伊顿，飞回到了家里。

暴风雨巨人把伊顿放下，装着很和蔼的样子对伊顿说："敬爱的春之女神，我是绝不会伤害您的，我把您请到这里来，是想请您给我一颗青春之果，只要您给我一颗，我马上就把您送回去。"女神伊顿早已念动咒语，将青春之果隐藏了起来。她听了暴风雨巨人的话，装作一脸无奈的样子对他说："真的很不巧，我没有带，青春之果那么多，给你一颗又有什么关系呢？"暴风雨巨人不相信，搜遍了伊顿的全身，结果一颗青春之果也没找到。他气极了，凶相毕露，把伊顿关进了阴冷的房子里，并威胁伊顿说："我现在就把你关起来，什么时候你交出青春之果，我就什么时候放了你。否则，你就在这里永远住下去吧！"伊顿下定决心，绝不交出青春之果，天上的众神一定会来救自己的。

很多天过去了，阿斯加蒂的众神去找伊顿取青春之果时，才意识到很多天没有见到伊顿了，伊顿是从不离开阿斯加蒂的，是不是出了什么事？有一位神说："我最后一次见到伊顿是她和火神洛奇一起离开阿斯加蒂。"众神一听，一下子把洛奇围在了中心，要他说出伊顿的下落。洛奇没办法，只好说出了事情的真相。众神一听，一个个瞪着眼看着他。洛奇害怕了，只好对众神说："我知道我做得不对，我现在就

去把伊顿救回来，我发誓。"

　　洛奇变作一只鹰，飞到了暴风雨巨人的家里，暴风雨巨人刚好出海打鱼了。洛奇在一个黑暗的屋子里发现了伊顿，他打开房门，救出了伊顿。他把伊顿变成了一枚坚果，用爪子抓着，向阿斯加蒂飞去。

暴风雨巨人回到家中，发现伊顿不见了，心中明白，一定是谁把伊顿救走了。他变成一只巨大的鹰，向阿斯加蒂的方向追去。暴风雨巨人驾着狂风，再加上他的神力，飞行的速度很快，没多久，就发现了前面的洛奇。

阿斯加蒂的众神，正在城墙上张望，看到一只鹰抓着一枚坚果，在前面飞，后面一只巨鹰在紧紧地追赶，众神就在进城的地方架起了一堆柴草。很快，洛奇就飞入了城中，暴风雨巨人也向城中飞去。当他飞到柴草的上空时，众神刚好燃起了大火，火焰刚好燃着了暴风雨巨人的翅膀，他一下子就落到了熊熊燃烧的大火之中，顷刻间化作了灰烬。

春之女神伊顿又回到了阿斯加蒂城。

光明之神巴尔德之死

　　光明之神巴尔德和黑暗之神霍德，是奥丁和众神之母芙莉格所生的孩子。他们虽然是一对孪生兄弟，可无论是在形体容貌上，还是性格言行上，都完全相反。黑暗之神霍德一生下来就双目失明，他性格忧郁，一副冷漠的样子，不爱说话，经常独自坐在角落里。而他的兄弟巴尔德天生就是一副美丽英俊的模样，心地善良，他是众神们一致认为的最宽厚仁慈、最天真活泼、最正直睿智的神。他总能给众神带来光明和欢声笑语。众神都很喜欢和爱戴他。众神之王奥丁和众神之母芙莉格也都很疼爱他。巴尔

德和妻子很恩爱，他们住在华丽的宫殿中，过着美满幸福的生活。

　　一年夏天，巴尔德变了，他有些沉默寡言，甚至有些时间有点儿魂不守舍。众神之母芙莉格很担心。一天，她看到巴尔德又坐在窗前发呆，就很关心地询问他有什么心事。巴尔德流着泪向母亲说，一天午后，自己睡觉时做了一个可怕的梦，梦见自己被人杀死了，他觉得这是个不好的兆头。芙莉格听了也担心起来，她也害怕这个梦是"死亡"的预兆。她立即

命令她的侍女向一切有生命与无生命的万物宣告了这件事。大地上的万事万物都向芙莉格立下了誓言：永远不会伤害巴尔德。无论是毒蛇、兵器，还是疾病、烈火；不管是活着的生物，还是已经死去的鬼魂，一切有形体和没有形体的事物，都立下了同样的誓言。

众神之王奥丁还是不太放心，就骑着快马来到死亡之国，他走到了女预言家伐拉的坟前，念动咒语，唱着生命之歌，把女预言家伐拉唤醒了。奥丁向伐拉问道："死亡之神海尔大摆宴席，是为了招待谁？"伐拉回答说："美酒和佳肴是为巴尔德准备的，因为巴尔德命中注定会被他的兄弟霍德杀死。复仇之子伐利将用利剑杀死霍德，为他报仇。"奥丁还想再问，可女预言家已经发现来者是众神之王奥丁，她不再讲一句话，又躺进棺材中，奥丁知道，巴尔德注定是要死去了。

在伊达沃特平原上，亚萨园的众神建了一座游乐园，众神经常在那里玩一种掷金饼的游戏。这一天，有一位神建议，既然世间万物都立下誓言不伤害巴尔德，不如拿他当作靶子试一试，应该是一件很有趣的事。众神觉得这个提议不错，于是就开始了这个新游戏。他们用各种各样的兵器、石块向巴尔德投去，用弓箭向巴尔德射去，可不管他们投得怎样巧妙，瞄得多么准，这些飞向巴尔德的东西都在快要碰到巴尔德的一瞬间，突然拐弯躲过了巴尔德。就连力量之神托尔用他的大铁锤砸向巴尔德的头，这把力量之锤也像碰到了一面无形的盾牌，被弹了回去。是啊，万物都发誓不会伤害巴尔德一根头发的，亚萨园的众神都觉得有趣极了，当然这个游戏又给众神带来了欢乐，亚萨园中一片欢声笑语。

火神洛奇是一个心胸狭窄又非常狡诈的神，光明之神巴尔德受到众神的喜爱和尊敬，洛奇心中非常妒忌，他看到巴尔德给众神带来的欢乐，心中很不是滋味，他眼珠一转，想出了一个坏主意。

火神洛奇变成一个侍女，向芙莉格的宫殿走去。他刚走进宫殿，就有好几个侍女走过来向洛奇问道："外面发生了什么有趣的事，大家笑得那么开心？"洛奇回答说："众神都在试着用各种物体攻击巴尔德，不管是什么，都不能伤害到巴尔德。"在一旁的众神之母听了很高兴，她一脸自豪地对侍女们说："众神扔向巴尔德的东西都立下过誓言，它们怎么会伤害到巴尔德呢？"洛奇一看芙莉格心情很好，就忙追问了一句："世上的东西那么多，真的所有的东西都发誓了吗？"芙莉格说："那当然了，万物都发誓了，唯一没有立下誓言的只有宫门前的那一株小槲（hú）寄生，因为它的枝条很柔软，再加上它生长得很瘦小，根本没有力量伤人，它根本伤不着巴尔德，也不用立誓言了。"洛奇听了芙莉格的话，冷笑了一声，就匆匆地向宫殿外走去。

一走出宫殿，他就变回原来的样子来到了互玉尔哈拉宫门前，在这里

果然发现了一株瘦弱的槲寄生，它柔软的枝条正在随风起舞。洛奇走过去，折下一根枝条，来到了巴尔德的孪生兄弟黑暗之神霍德的身边。洛奇装作很关心的样子对霍德说："怎么自己一个人在这里呀？看那边有多热闹！众神玩得都很开心，和你的兄弟巴尔德开个玩笑吧，这样能使你们的兄弟情谊更深厚，才能让他感觉到你是多么爱他。"霍德听了好像有些动心，他对洛奇说："我什么也看不到。看不到巴尔德，怎么向他扔东西呢？更何况我也没有什么东西可以扔向巴尔德啊！"洛奇赶忙把手中槲寄生的枝条递给了霍德，并很热心地把霍德拉到众神跟前。

　　洛奇指引着霍德把槲寄生的枝条投向巴尔德，霍德很随意地把枝条扔了出去。没想到洛奇暗中把枝条变得像标枪一样坚硬，而且引导它飞向巴尔德的心脏。槲寄生的枝条像剑一样射向了巴尔德，只听一声惨叫，枝条穿透了巴尔德的心脏，喷涌出来的鲜血一下子就染红了他身上雪白的长袍。巴尔德用惊奇的眼睛望着霍德，然后慢慢地倒下，闭上了眼睛。

　　正沉浸在快乐之中的众神被眼前的景象惊呆了，他们茫然地站在草地上，甚至忘记了上去扶一下巴尔德。四周的空气都好像凝固了，像死一样寂静。过了好一会儿，众神猛然醒悟过来，众神爱戴的光明之神巴尔德死了，他们都忍不住失声痛哭起来。有几位神用愤怒的眼神瞪着洛奇和霍德，众神之王奥丁规定在亚萨园中是不允许有争斗发生的，众神也只好眼睁睁地看着洛奇这个杀人凶手离开了。

　　巴尔德的妻子南娜听到丈夫的死讯，伤心欲绝地伏在丈夫的尸体上大哭了一场。众神看到眼前的惨状，忍不住又是一阵痛哭。哭声响彻云霄，天空也变得阴沉

下来，就连树木花草也低下了头为巴尔德伤心落泪。

在众神之王奥丁的主持下，众神在亚萨园为巴尔德举行了隆重的葬礼，众神把巴尔德安放在他喜爱的战船"灵舡"号上，并在上面堆放了柴草。众神送来的很多陪葬的礼物，把整个战船堆满了。船被送入了大海，海上的火光好像要把整个大海点燃似的。船像箭一样带着巴尔德向西驶去。众神、巨人、侏儒和天地间所有的生灵都流着泪，为他送行。

世间没有了光明之神，天空变得阴暗起来。

很多年过去了，女预言家的预言又应验了，伐利最终杀死了黑暗之神霍德，为巴尔德报了仇，伐利又为天空和大地带来了光明。

正义之神弗塞提

弗塞提是真理与正义之神，是众神之中最聪明、最正直而且善于雄辩的一位。他出生后，开始执掌公正与和解事业。他每天听取并受理诸神及人世间的诉讼，做出公正的判决。他非常公平，又善于辩说，所以他给人们评理或者审理案件都能使人们心服口服；在他面前立下的誓言，没有人敢背叛，否则，就会受到他公正无私的惩罚。他是人间的立法者，北欧人相信他们最初的法律就是弗塞提制定的。

在很早的时候，福瑞斯昂人的生活稳定下来了，生活一天一天富裕起来，人口也一天一天地增多，人与人之间的纷争是难免的。福瑞斯昂人想制定出法律，让那些伤害别人的人受到相应的惩罚，减少人间的纷争。为了使法律公平，福瑞斯昂人从族中选派了十二位长老。这十二位长老都是族中最聪明、阅历最丰富的人，他们的公正无私也是大家公认的。

十二位长老感到责任重大，他们一点儿也不敢怠慢，接到任务后分头出发到附近的各个部落和部族，收集了大量的习惯风俗，作为制定法典最基本的依据。初步工作完成之后，这十二位长老乘坐一叶小舟，想找一个清静的地方，细心研究这些资料。可是，他们刚坐上船离开河岸，暴风雨就降临了。小船很快被狂风吹到了无边无际的海里，他们迷失了方向。十二位长老被颠簸得头晕眼花、精疲力竭，再也

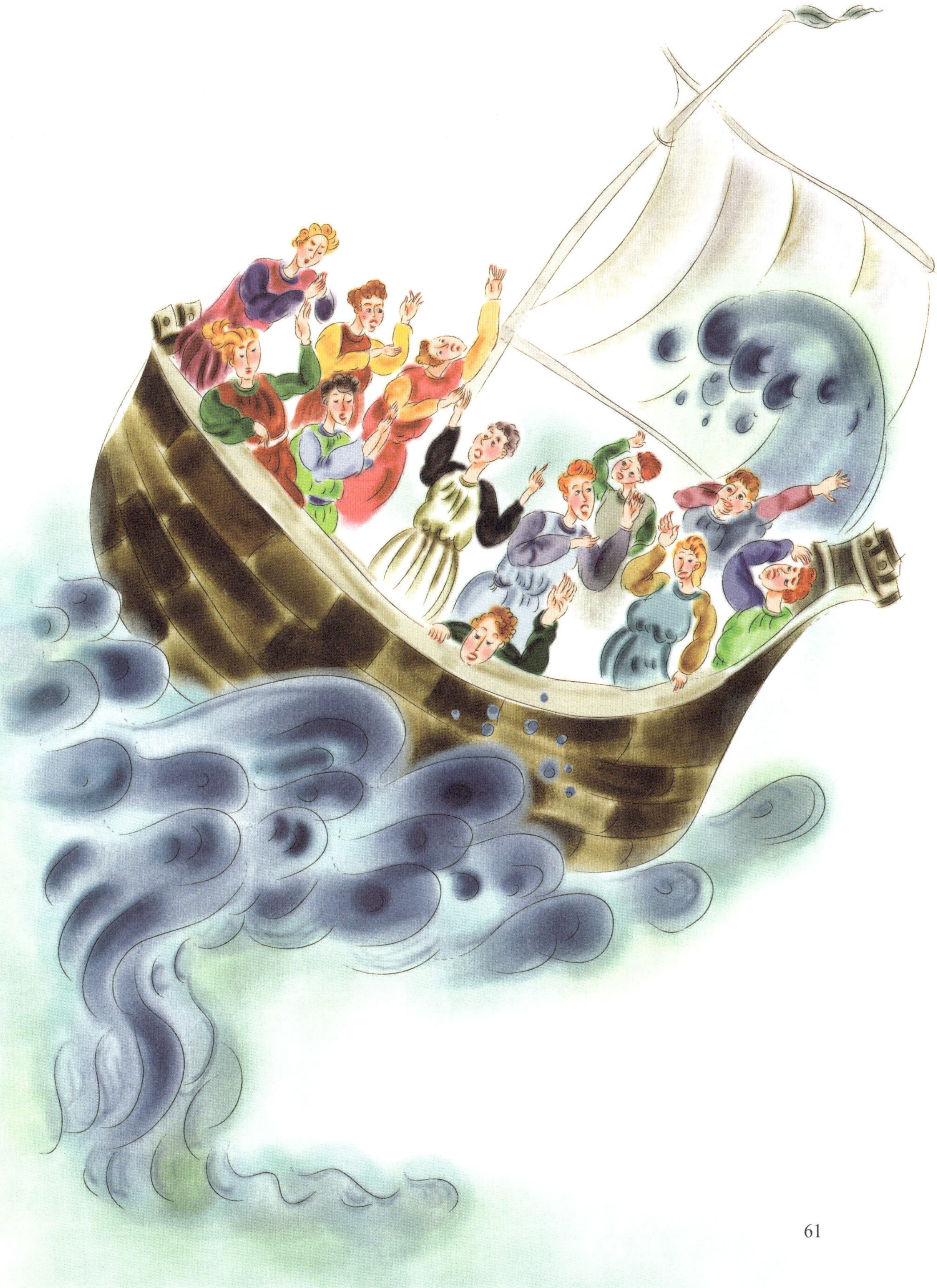

无法控制小船。

他们开始默默地祈祷,希望正义之神弗塞提能帮助他们。

突然,十二位长老发现他们中间多出了一个人,变成十三个人。这位从天而降的陌生客人一句话也没有说,只是掌着舵,掌握着小船的航向。在他的驾驶下,小船在波涛汹涌的海面上行驶着。没过多久,小船的前方就出现了一座小岛,十二位长老提着的心才慢慢放下。

陌生的客人登上了小岛,十二位长老紧紧地跟在他的身后。那人从背后的腰带上取下一柄战斧,轻轻朝草地上砍了一下,绿草丛中立刻喷出一缕清泉。那人弯下腰,用手捧着喝了几口泉水,十二位长老早就口渴了,也学着他的样子,喝了个痛快。然后,他们十三个人在地上围坐成一圈。十二位长老仔细端详着这位陌生人,觉得他与他们十二位中的每一个人都有些相像,却又实在是另外一个人。

这时,陌生客人开始讲话了。他的语调开

始时很舒缓，但越说越高兴，语调也轻快起来。他在口述一种法典，法典很全面，包括十二位长老收集来的各部落和部族的风俗习惯、乡规民约的精华等。在他口述的这些法典中，有些法律是与经常引起的纠纷有关的，如界标、狩猎权、伐木和收集柴火、侵犯放牧权之类；诽谤、讽刺、中伤别人、偷羊、弄酸别人的黄油、引诱别人的蜂群等；对别人有犯法行为，进行不断升级的伤害，应受到从断指到砍头的惩罚。

有些是涉及蔑视公德、伤害族群和海盗行为，涉及赔偿、罚款和死刑、吊罪、放逐等，此外，贸易法则也有体现。

此外，法典还对祭礼仪式、尊重圣地、已婚妇女的财产、自杀、决斗、比武、室内焚烧、被激怒杀人、夜间杀人、当着国王的面或在圣地杀人、最可恶的暗杀等都做出了规定。

而且，还给单个的人确定了价值，精确计算的偿命金，可以保证一个人的人身、家庭、

财产或名誉免遭侵犯。

允许有某些变通，比如在涉及个人荣誉的问题上，如果受害者认为法律形式不合适时，他可以诉诸武力，但必须有见证和明确的宣告。

十二位长老一言不发，默默地把这些法律记在心里，生怕有所遗漏。陌生的客人说完这些话以后，化作一道白光消失在天空。十二位长老抬头向天上望时，空中传来陌生客人的最后一句话："有法律的土地会兴旺，没有法律的土地会荒芜！"这句话成了北欧人津津乐道的至理名言。

十二位长老这时才明白，这位陌生客人就是正义之神弗塞提，他亲自来为福瑞斯昂人制定了法律。为了纪念弗塞提，人们亲切地称呼这座小岛为"弗塞提岛"，它成了北欧人世代敬仰的地方，即使胆大妄为的维京人也不敢侵犯它。而这次聚会，则成了此后裁决时法庭的样式。

北欧人对弗塞提神的崇拜是举世无双的，他们尊重法律，以法律来维护作为自由人的尊严，坚持在法庭上公正、民主地运用法律，认为法律对所有的自由人都有效，最早确立了陪审员制度。

重大的裁判都是在这"神圣岛"上举行。那个时候，裁判官必须先饮用岛上的"真理之泉"，以纪念这位永远公正的真理和正义之神，向他表明自己的公正性。

太阳神和可伊拉

太阳神是世间万物的创造者,他有时爱搞些恶作剧,开开心。他时常打扮成衣衫褴褛、邋里邋遢的乞丐,在村庄里游荡,或和众神嬉戏。在太阳神经常游荡的村子里有位美丽可人的姑娘叫可伊拉,连天上的神仙都被她的美貌所折服,都喜爱她,但可伊拉是个高傲的人,她从未爱过一个人。

一天,太阳神看到可伊拉坐在鲁克玛树下乘凉,他就变成一只美丽的小鸟,飞到树上,把自己的一滴精液变成了一颗鲜亮而熟透的果实,落到了可伊拉的眼前。可伊拉见这个果子很诱人,便拾起来津津有味地把它吃掉了。不久,她就怀孕了,十个月后,她生下了一个小男孩。当孩子长到周岁,刚学走路的时候,可伊拉祈求众神,告诉她孩子的父亲到底是谁。

众神都把自己打扮得漂漂亮亮的,他们想以最优雅漂亮的形象,出现在美丽的可伊拉面前,可太阳神却扮成一位衣衫褴褛的乞丐跟在最后面。

可伊拉来到众神面前说:"受人尊敬的众神们,我邀请你们到这儿来,是想让你们了解我的苦衷。我的儿子已经满周岁了,可我连他的父亲是谁都不知道。现在,请坦率地告诉我,谁是我儿子的父亲?"众神面面相觑,沉默不语,但又不忍心拒绝可伊拉的请求。

可伊拉见众神都不说话，着急地大声说："既然你们谁都不肯承认，那就只好叫小家伙自己去认爸爸啦！"说完，她把刚满周岁的孩子抱出来，放在地上。小家伙立即步履蹒跚地径直向衣衫褴褛的太阳神走过去。小家伙兴高采烈地张开两臂，抱住了太阳神。可伊拉看到这种情形，顿感羞愧难容，哀伤不已。她扑到太阳神身边，一把将孩子抱起来，然后，绝望地向海边跑去。

太阳神感到事情不妙，刹那，变成身穿着金色衣裳的太阳神。金色衣服放射出万道光芒。他立即动身去追赶可伊拉。

"可伊拉！我亲爱的，"他万分柔情地呼唤着她的名字，"回头看我一眼吧，你看看我真正的模样是何等英俊体面！"

可是，满怀悲愤的可伊拉，对他的呼唤不屑一顾，一会儿就消失得无影无踪了。

太阳神一路紧追不舍，并不停地呼唤："停一停，可伊拉！你们在哪里，我怎么看不见你们啊?"

半路上,太阳神遇到了兀鹰,他问兀鹰有没有见到可伊拉和他的孩子。兀鹰回答:"她就在离这儿不远的地方,赶快去追吧,你一定能够追上!"

太阳神听了它的吉言,感激地对兀鹰说:"从现在起,你可以在高空中任意飞翔,在高山之

巅筑巢，谁也不会打扰你们。从现在开始，任何动物的尸体，不管是什么，你都可以用来充饥。"

太阳神继续往前追赶，遇到一只臭鼬，问它是否见过可伊拉。

"你白跑了！"臭鼬坦诚相告，"你无论如何也赶不上他们了！"

太阳神听后，生气地诅咒它："从现在起，你只能在黑夜里才能走出你的洞穴；你浑身散发出臭气，动物们躲着你，人类憎恨你，只要见到你，就会追着捕杀你！"

太阳神又继续向前赶了一程，遇到一只豹子，问它是否见过可伊拉。

豹子说："只要你心中装着她，她就离你很近，我想你最终一定会追上她的。"

太阳神感激地对它说："从现在起，大家都敬畏你，你是百兽的法官，你可以裁决它们的生死。你死后将享有崇高的荣誉。"

太阳神继续向前追，又遇到了几只鹦鹉。鹦鹉们告诉他："不要再白费力气了，你已经赶不上可伊拉了。"

太阳神对鹦鹉们说："从现在起，你们将永世不得安宁，人们会因为你们的学舌而买卖你们、囚禁你们，憎恨多嘴多舌的你们。"

最后，太阳神追到大海边，悲愤的可伊拉和她的儿子已经变成了坚硬的石头。太阳神长久地看着变成石头的可伊拉和儿子，愁容满面，悲恸欲绝，后悔不已。

巴比伦神话

马多克创造天地

在远古时候,天地还没有形成,整个世界是混沌一团。在这混沌之中,有两个深渊,一个深渊中涌动着苦水,叫提阿玛索;另一个深渊中涌动着甜水,叫阿波苏。

提阿玛索脾气暴躁,深处蕴藏着无穷的力量;阿波苏生性很温和,经常是安静地流淌。不知经过了几万年,阿波苏与提阿玛索交汇在了一起。又过了很长时间,阿波苏和提阿玛索孕育出一大群儿女,他们让一部分儿女居住在离自己很遥远的高空;又让另一部分子女居住在离自己不远的低地。

阿波苏和提阿玛索年纪已经很大了，想安静地休息。可是高空中众神的喧闹声让他们无法安静下来。一天晚上，阿波苏又被高空中众神的吵闹声吵得睡不着觉，她生气地对提阿玛索说："他们的吵闹声真让我心烦，让我白天和晚上都不能好好休息，早晚有一天我会被他们折磨死，我真想把他们全部杀掉！"提阿玛索摇摇头，又睡着了。

大神伊雅从深渊旁经过，听到阿波苏和提阿玛索的对话，心想：如果阿波苏真的动起手来，天上的神都会被她杀死的，不如先下手为强。伊雅趁着夜色，悄悄地把一大桶瞌睡倒在了阿波苏头上。阿波苏打了几个哈欠，就呼呼地睡着了。伊雅用

一根铁链把昏睡的阿波苏从深渊中拉出来，牵到一座深山中，把阿波苏杀死了。

阿波苏死后，她的身体化成了一潭清水。伊雅在水潭旁边建起了神庙，开始生活在那里。一天，水潭中涌起了一团浪花，在浪花中出现了一位英俊的少年。伊雅把少年拉了出来，这位少年就是马多克。

低地上的神鼓动提阿玛索为阿波苏报仇，提阿玛索心动了。他让大儿子克因古做了主帅，并送给他一面能决定神的命运的"生命牌"。提阿玛索组织了一支由毒蛇组成的军队，准备进攻高空的神。

高空的众神聚在一起商议对策，马多克站了起来大声说道："我愿意打败提阿玛索，保护天上众神的安全。我希望大神赋予我权力，能让我指挥大军！"大神阿诺非常高兴，他送给马多克一张天网，天网可以罩住水中的怪物。马多克接过天网就出发了。

马多克用天网抓住了克因古，从他的脖子上取下了生命牌，挂在了自己的脖子上，马多克成了神的最高统治者。他又用长枪刺死了提阿玛索。

马多克把提阿玛索的身体分成两部分，用其中的一部分造成了天宇，让众神居住，又用另一部分造成了大地。宇宙中就有了天空和大地。马多克又用提阿玛索的唾液制成了云和雾，并且在云中注入了水，这样就有了雨。他又用提阿玛索的头骨造了一座巨大的山，有两条河流分别从提阿玛索的眼中流出来，这两条河一条叫底格里斯河，另一条叫幼发拉底河。

马多克把天空分给了阿诺，阿诺就成了上界最高的神。马多克又把大地分给了

埃俄神，埃俄神从此统治着大地，成了大地上权力最大的神。马多克又把天地之间的部分分给了大神恩利尔，让恩利尔来管理。

马多克又造出了日月星辰，他把白天交给太阳，把夜晚交给了月亮，让月亮神掌握月亮的圆缺。马多克又设了三个星座，分别掌管年、月、日，从此，众神们用年、月、日来计算时间。

众神都很感激马多克的功绩，一起动手为马多克建造了一座神庙，还给神庙起了一个好听的名字叫作巴比伦。

吉尔美加什的诞生

在很久以前，宇宙中只有许多神灵生活，那时候还没有人类。众神灵的生活并不逍遥自在，还要像人类一样日出而作，日落而息。他们吃的食物、用的东西，都要他们自己劳动才能得到。时间久了，众神觉得生活得太累，很多神灵都有了怨言，他们开始不满意这种生活。

众神对生活的不满传到了天神安诺的耳中，天神安诺也觉得神灵们的生活过于辛苦，也想改变一下他们的处境。天神安诺经过长时间的思考，决定创造人类，让人类为天神劳动，供养天神吃穿，他把创造人类的任务交给了大神恩利尔。

天神恩利尔就把创造之神、生育之神等众神召集来，向他们传达了天神安诺的命令。众神灵听到这个消息，都表现出无比的喜悦，因为他们早就盼望有这么一天，他们都愿意为这件事出力。

众神灵从海底捞出湿泥，开始动手捏出很多泥人，泥人没有灵魂不能动，神灵们又用嘴对着他们吹一口气，泥人就有了灵魂，能活动了，人类就这样诞生了。生育之神将人分成男人和女人，让他们结为夫妻，开始一代代繁衍下去，于是，地球上的人类渐渐多了。

人类在地球上开始了辛勤的劳动，他们吃苦耐劳，从来没有怨言，并且心甘情愿地把自己劳动得来的食物和麻布供奉给天神，让神灵们享用。自从有了人类，神灵们再也不用自己劳动了，他们的生活十分自由、舒心，从他们脸上洋溢着的笑容可以看出来，他们对现在的生活很满意。

一开始的人类只知道劳动，人与人之间从来没有纷争，可时间一长，人类渐渐多起来了，人与人之间的矛盾也就表现了出来。为了争夺粮食和土地，人们之间开始有了战争，而且战争的规模越来越大，因为战争而死亡的人也越来越多。很多时候，人类的喊杀声总是能惊动天上的神灵，影响他们安静的生活。更糟糕的是，有时因为战争，人类流离失所，没有时间和精力从事生产劳动，供奉给神灵的食物和麻布越来越少，神灵们又开始对生活不满了。

众神之主天神安诺决定召集神灵们，商议对策。安诺对诸神说："各位神灵，我们创造人类是要他们为我们劳动，让我们过上幸福生活的。可是人类的数量越来越多，人类的战争严重影响

了生产劳动，人间的喊杀声让我们心神不安，我们一定要想想办法，解决这个问题。"众神议论纷纷，争吵不休，最终达成一致意见：消灭掉一部分不好的人类，留下一部分善良的人类。天神安诺下令让瘟疫之神到大地上巡逻。结果，瘟疫之神所到之处，大批大批的人死去。地球上的人类减少了，不像从前那样拥挤，也不用去争夺粮食和土地了，天上和地上都变得很平静，神灵们很高兴。

　　可是，没过多少年，地球上人类的数量又多了起来，又不断有战争爆发。天神安诺又召集众神商议对策，决定再次减少人口数量，这次天神把这个任务交给了风神和雨神。雨神首先来到了人间，一连几个月，大地上洪水肆虐，庄稼全部都被洪水冲走。接着，风神也来到人间，每天刮起又干燥又热的风，吹走了天空的乌云，毒辣的阳光烘烤着大地，土地干裂，庄稼颗粒无收。很多人在灾难中死去，地球上的人类又减少了很多，天上和地上又恢复了平静。

可没过多久，人类的数量又多了起来，战争、吵闹又起来了。天神安诺又召集众神商议对策，天神安诺对众神说："瘟疫和灾难并不能从根本上解决人类的问题。"埃俄神向众神提议道："我们要是能造出一个人，让他在人间建立权威、秩序和正义，让他统治、管理人类，维护人间的秩序。这样一来，人类之间就会减少争斗，过上平静的生活了。"

埃俄神的提议众神都很赞成，就这样，众神到深海的海底取出了上等的泥团，精细地揉捏成一个人形,这个泥人高大魁梧,身体强壮,身体内好像积蓄着无穷的力量,这就是国王的身体。生育女神给了这个国王男子的性别,加上强壮有力的体魄,国王浑身都透出阳刚之美。雷神又将自己的力量和勇气注入了国王体内,还给了他刚强不屈的性格。智慧之神将智慧也注入国王的大脑中,让国王有了超出凡人的智慧,能够用自己的聪明才智领导人类,战胜敌人。最后,恩利尔对着国王吹了一口气,将灵魂注入了国王体内,国王有了生命。

  统治人类的国王造成了,天神安诺对着国王吹了一口气,给了他长长的寿命,并给他起了个名字叫吉尔美加什。然后,天神安诺一挥手,吉尔美加什便降临到了乌鲁克城,成了那里的国王。

  这位国王用自己无穷的勇气和力量、超凡的才智、坚强的意志,很快就把人间管理得井井有条,人类生活的社会从此便有了一定的秩序,天神们再也不用担心了。

吉尔美加什和他的朋友们

在幼发拉底河的岸边，生长着一棵胡鲁乌树。河岸边阳光充足，空气湿润，土地肥沃，这棵胡鲁乌树长得枝繁叶茂。每到春天，胡鲁乌树发出碧绿的嫩芽，在温和的春风中随风起舞，在碧波荡漾的幼发拉底河的映衬下，这棵胡鲁乌树更显得婀娜多姿。乌鲁克城的守护神伊娜娜女神非常喜欢这儿优美的风景，还有那棵亭亭玉立的胡鲁乌树。所以，只要有空闲，女神伊娜娜就喜欢来到胡鲁乌树旁，欣赏这里的风景。

可是，不幸的事情发生了，一连几天的暴雨，使一向温和的幼发拉底河河水上涨，很快，山洪暴发了。汹涌的河水冲走了幼发拉底河两岸的泥土，胡鲁乌树的树根被冲出了地面，随着一阵狂风，胡鲁乌树倒在了水里，很快就被洪水冲走了。只有一枝胡鲁乌树的树枝留在了岸边的泥土中。

雨过天晴，洪水也消退了，当女神伊娜娜又到河边散步的时候，眼前的美景消失了。那棵自己心爱的胡鲁乌树也不见了踪影，女神伊娜娜别提有多伤心了。就在她准备离开的时候，发现河岸边有一枝胡鲁乌树枝，看上去依然苍翠碧绿，她就捡了起来带回了家，准备留作纪念。

女神伊娜娜回到家，把那枝胡鲁乌树枝插在花园中的泥土里，没几天，那枝树

枝上发出了嫩绿的新芽。女神伊娜娜太高兴了，于是她每天细心地照顾那株小胡鲁乌树。

几年过去了，那株小胡鲁乌树在女神伊娜娜的精心照顾下，长成了一棵高大伟岸的树，比以前的那棵树要高出很多，枝条也柔软很多。女神伊娜娜很高兴，她把这棵树当作自己的宝贝。

这棵胡鲁乌树长得高大，枝叶茂盛，一条大花蛇在树下安了家。大花蛇又粗又长，身上长着刺眼的花纹，样子非常令人讨厌。在胡鲁乌树最高的三杈树枝上，一只样子凶恶的鹫妖在上面做了窝，树上经常传来它非常难听的叫声。在树的中间，荒漠妖女把它霸占了，荒漠妖女的样子很难看，笑声也很难听。大花蛇、鹫妖，还有荒漠妖女他们霸占了女神伊娜娜的胡鲁乌树。

看到自己心爱的胡鲁乌树被他们霸占了，女神伊娜娜心里很不是滋味，可自己又想不出该怎样对付这些坏家伙。最后，无奈的女神伊娜娜只好请求自己的哥哥太阳神帮忙了。早上，正当太阳神要出门的时候，伊娜娜拉住太阳神的衣服，希望哥哥能帮助自己想一想办法，可太阳神根本不把这件事放在心上，听完妹妹的诉说，安慰了一下妹妹就走了。

女神伊娜娜心里更伤心了，她独自走在小路上。正好碰上了英雄吉尔美加什从这里经过，伊娜娜就把自己的心事说给了吉尔美加什。吉尔美加什愿意帮这个忙，伊娜娜一听，拉起吉尔美加什就来到花园。

吉尔美加什拿起斧头向胡鲁乌树走去。在大树底下，吉尔美加什遇到了大花蛇。他举起斧头向大花蛇砍去，一斧子下去，就砍掉了大花蛇的头。树上的鹫妖和荒漠妖女早就看到英雄吉尔美加什拿着斧头向胡鲁乌树走来，已经感觉到事情不妙，又看到吉尔美加什一斧头下去，就砍掉了大花蛇的头，鹫妖和荒漠妖女早就吓破了胆，赶忙仓皇逃走了。

女神伊娜娜看到霸占胡鲁乌树的坏家伙不是被杀死，就是慌忙逃走，心中特别高兴。吉尔美加什告诉女神伊娜娜，胡鲁乌树已经长成大树，应该把它砍掉，做成各种各样的家具，这样才能实现它的价值。然后，栽种一棵新的胡鲁乌树。伊娜娜觉得吉尔美加什说得很有道理，就同意了。于是，吉尔美加什挥起手中的斧头，很快就把树砍倒了。他把粗大的树干送到伊娜娜家中，让她用来做家具。他又在原来生长大树的地方插上了一棵新的胡鲁乌树苗，小树苗茁壮地成长着。

　　女神非常感谢吉尔美加什对自己的帮助,她愿意和他结为朋友,并让匠人用胡鲁乌树的木材做了两件东西,一件叫瓦库,一件叫姆库。她把这两件东西作为礼物送给了吉尔美加什。吉尔美加什非常喜欢女神伊娜娜送给他的礼物,他经常把礼物带在自己的身边,作为他们之间友谊的见证。

吉尔美加什勇战洪波特

吉尔美加什统治着人类，拥有至高无上的权力，他想长生不老，花费了很多心血寻找能使自己长生不老的仙草，可最终没有实现，吉尔美加什十分沮丧。后来他听说只要把名字刻到生命之土上，尽管不能永远活在世上，却也可以永世流芳。他找来自己的好友恩启多，告诉了他自己的想法。恩启多晚上做了一个不好的梦，害怕遇到凶险，不同意吉尔美加什的想法。他对吉尔美加什说："我听说到生命之土是十分危险的，那儿有个叫洪波特的神，只要他吼叫一声，就会山洪暴发，一张嘴就会喷出烈火，吐一口气就会置人于死地，我们最好不要去惹他。"吉尔美加什说："我亲爱的朋友，你的生命早晚有一天会走到尽头，人都不免一死，我决定到生命之土，在那儿为自己立一块丰碑，刻上我的名字，让我永世流芳。"恩启多看到吉尔美加什的样子很坚决，就对他说："既然你已下定决心到生命之土去，我也不再反对，但是你一定要告诉太阳神，让他同意，因为生命之土是他管辖的地方。"

吉尔美加什听恩启多说的有道理，就拿了一只白色的羊和一只褐色的羊，供奉给太阳神。吉尔美加什跪在祭坛前，很虔诚地对太阳神说："伟大英明的太阳神，我已下定决心，一定要到生命之土，祈求太阳神保佑我。"太阳神问道："你真的要去？你不会后悔吧？那可是一个充满危险的地方。"吉尔美加什回答说："人总是要死的，我害怕死亡。但我想在我活着的时候，在人间留下我的名字，即使我死了，我的名字也会永远流传下去。"太阳神接受了吉尔美加什的请求。

乌鲁克城的长老嘱咐吉尔美加什说："你年纪轻，性子又急躁。我听说洪波特十分厉害，你们千万要小心！祝福你们，让太阳神保佑你们胜利！"吉尔美加什和恩启多带上必需的物品和精良的武器，率领五十名勇敢的战士出发了。

他们用了三天的时间，翻过了七道山峰，走完了一半的路程，来到了森林之门，他们看到洪波特的手下把守在那里。吉尔美加什带着手下冲了上去，很快就把洪波特的手下杀死了。吉尔美加什有些累了，躺下休息，很快就进入了梦乡，只听他的鼾声惊天动地。恩启多大声叫喊道："赶快起来！天色已经很晚了，太阳神已经离开了。"吉尔美加什醒来了，经过短暂的休息，他精力充沛。吉尔美加什抽出宝剑，对天发誓道："我以生我养我的母亲的名义发誓，一定要杀死洪波特，踏上生命之土，否则我绝不回家！"恩启多见他很激动，就对他说："我的朋友，你没有见过洪波特，哪里知道他的厉害。他是一个巨人，有一副龙的牙齿、狮子的面孔。世上的生灵都不是他的对手，你一定要小心。"

吉尔美加什勇敢地冲向了生命之土。他挥动手中的斧头，砍向了杉树，一口气砍倒了七棵。洪波特在树林深处听到砍树的声音，非常生气。他怒吼着冲了出来："是谁敢在这里撒野，居然将我门前的杉树砍倒！"吉尔美加什看到洪波特凶恶的样子，有些迟疑了，这时从天空中传来太阳神的声音："冲过去，不要害怕，不要被他的吼声吓住。"说完，太阳神又向洪波特刮起了一阵狂风，刮得洪波特睁不开眼睛。吉尔美加什勇敢地冲了过去，对准洪波特的下巴狠狠地击了一拳，洪波特疼得牙齿打战，没有了还手的力气。洪波特赶忙向吉尔美加什求饶道："吉尔美加什呀，放过

我吧，我甘心做你的臣子。我要将我培育出来的最高大的树木献给你，为你建造优美舒适的房屋，永远服侍你。"恩启多赶忙劝告吉尔美加什说："千万不要听信他的甜言蜜语，不能放过他，他是在欺骗你，如果你现在放过他，你很可能永远也回不了乌鲁克城了，赶快杀死他。"吉尔美加什举起了斧子向洪波特的脖子砍去，洪波特倒在地上死了。

从此，吉尔美加什和恩启多成了人们心中的英雄，流芳百世，被人敬仰。

爱神伊什特尔

在巴比伦神话中，爱神的名字叫伊什特尔，她负责向人间播撒爱心，有了爱神伊什特尔的爱心，人间就变得和平安定，人与人之间能和谐相处，生活幸福美满。可是，爱神伊什特尔被妖魔迷住了心窍，一心想做地下王国的最高统治者。

伊什特尔来到了暗无天日的地下王国。地下王国是一个充满黑暗的世界，阴森恐怖。伊什特尔一点儿也没有感觉到恐怖，因为，过一会儿自己就要成为这里的主人了。想到这儿，伊什特尔抬起头，大步走向了地下王国的大门。

地下王国的大门紧紧地闭着，并且还有几个拿着兵器的守卫站在那里。爱神伊什特尔对着守卫大声喊道："赶快把门打开，我要进去。"门前的守卫没有理睬她，还是一动不动地站在那儿。爱神伊什特尔有些生气了，她对着守卫大声嚷道："赶快打开门，让我进去，否则我就把这铁门砸个稀巴烂，再把地下世界的鬼魂都放出去。"守卫不敢怠慢了，赶紧跑到宫殿中，把这件事禀告了女王。

女王正在宫殿中休息，听了守卫的报告，心中已经明白，一定是自己的妹妹爱神伊什特尔来争夺王位，感到非常生气，自己又不是她的对手，一定要想一个好办法，收拾一下伊什特尔。女王想了一会儿，心中拿定了主意，就对守卫说："请她过来，但我们要按世界上最古老的礼仪来接待她，如果她不同意，就不要进来了。"守

卫听了女王的吩咐，就赶快回到了大门口迎接伊什特尔。

守卫对爱神伊什特尔说："我们的女王想请您进去，为了表示对您的尊重，我们要用地下世界最古老的礼仪来接待您，您同意吗？"爱神伊什特尔听了，心中很高兴，就对守卫说："早就应该这样了，我应当受到这种礼遇。"

门被打开了，爱神伊什特尔昂着头，眼睛望着前方，摆出一副十分傲慢的姿态，向女王的宫殿走去。伊什特尔刚到第一道门槛，两旁的侍卫就把她头上的王冠摘了下来。伊什特尔十分生气，大声地对侍卫喊道："你们这是干什么？为什么要摘掉我的王冠？"侍卫向爱神伊什特尔很恭敬地行了个礼，然后对她说："尊贵的客人，这是我们地下世界的规矩，为了表示我们对您的尊敬。"

当爱神伊什特尔走到宫殿第二道门的时

候，门前的侍卫又摘下了她的耳环，她又生起气来，可侍卫又告诉她，这是地下世界的规矩，是表示对尊贵客人的尊敬，爱神伊什特尔只好忍气吞声地继续向前走。她经过第三道门的时候，侍卫又从她脖子上取下了她的项链。她经过第四道门的时候，侍卫取下了她的胸饰。她经过第五道门的时候，侍卫又解下了她的护身腰带。她经过第六道门的时候，侍卫又取下了她的手镯和脚镯。她经过第七道门的时候，侍卫解下了她的围裙。

走过了七道大门，爱神伊什特尔终于来到了女王的大殿上，可执迷不悟的她现在已经是赤身裸体了。她看到女王爱尔克拉正端坐在宝座上，就冲过去，想把女王从象征权力的宝座上赶下来，自己坐在上面。女王爱尔克拉看到赤身裸体的伊什特尔走进自己的大殿，知道她已经没有了神力，就吩咐手下人说："那姆特尔，抓住这个不知天高地厚的家伙，把她关进那间最阴暗的牢房里。每天用鞭子使劲地抽打她，再让疾病折磨她的身体，让她浑身像针扎一样疼痛，让她领教一下我的厉害，看她还敢不敢再到地下世界来撒野。"那姆特尔听了女王的吩咐，立刻冲上去，一把抓住伊什特尔，并用绳子把她紧紧地捆住，送进了牢房，开始每天折磨伊什特尔。伊什特尔在牢房里受尽了折磨，才明白自己的行为是多么荒唐，心中十分后悔，可自己又没有办法脱身，只好每天咬着牙，忍受着痛苦的折磨。

爱神伊什特尔被困在地下世界之后，人间没有了撒播爱心的神，也就缺少了爱。亲人朋友之间没有了亲情，男女之间没有了爱情，世界上一切正常的生活都改变了，生物不再繁殖，人类从此也就不再延续。巴比伦最高的祭司巴布斯可勒看到

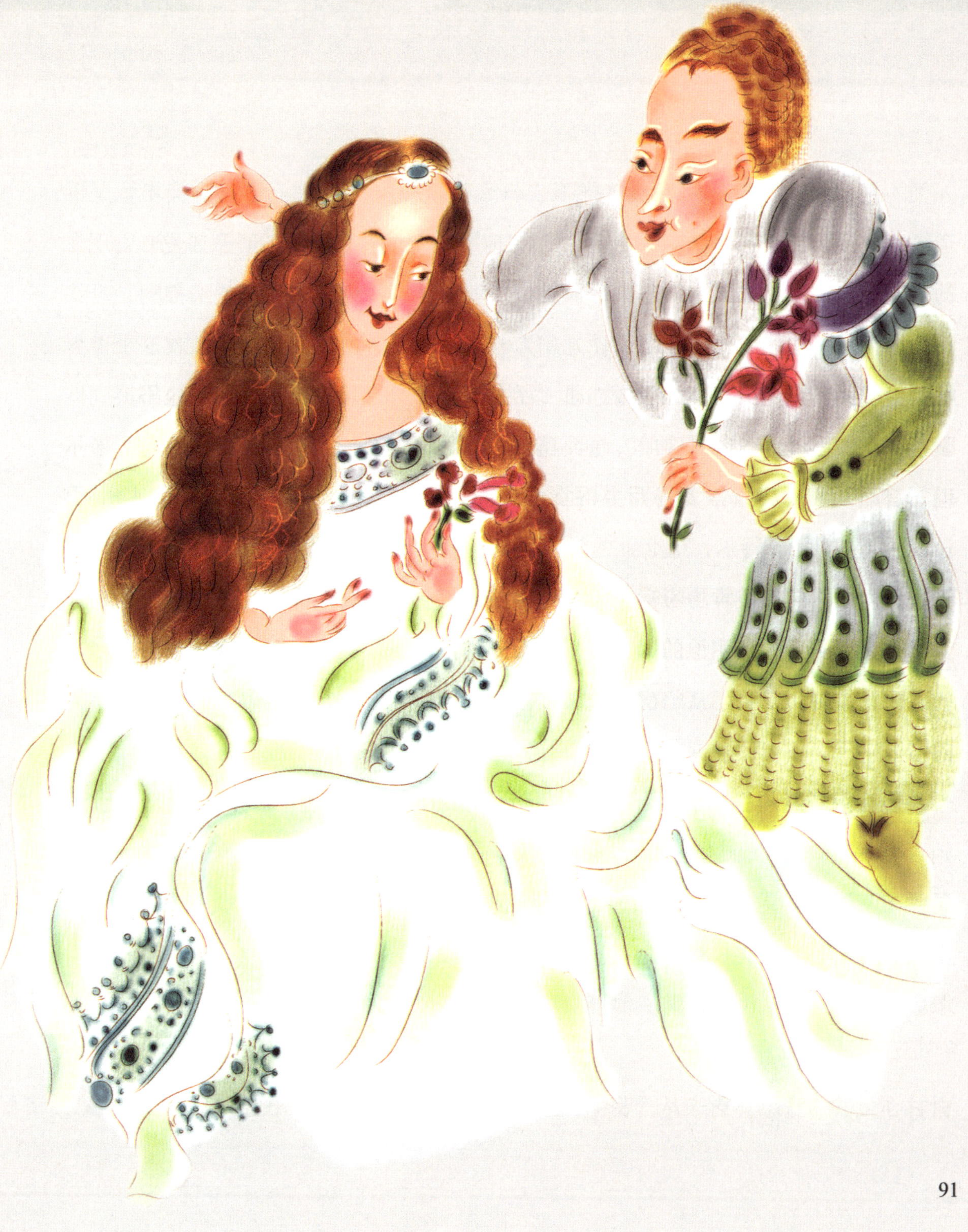

人类不再延续，心里很担心，这样下去，人类很快就会灭亡。他向天神埃俄哭诉道："尊敬的天神啊，爱神伊什特尔被困在地下世界，没有神给人间撒播爱心，现在的人间一片混乱，如果这样下去，人类很快就会从宇宙中消失。仁爱的神啊，赶快让爱神伊什特尔回到天上来吧，让她用爱心来拯救受苦受难的人类，救救这个世界吧！"埃俄神听了巴布斯可勒的话，也感到这样下去问题会很严重。可他也不能到地下世界去，他决定派英俊帅气、能说会道的那米尔去救爱神。埃俄神吩咐那米尔说："你到地下世界去，地下世界的女王一定会很喜欢你，你要用甜言蜜语迷惑她，让她放了爱神伊什特尔，用生命之水使女神复活，重新回到天上。"

那米尔按照埃俄神的吩咐，来到了地下世界。地下女王爱尔克拉见到英俊的那米尔很高兴。那米尔用他的甜言蜜语把女王哄得神魂颠倒，很快，女王就按那米尔的要求把爱神伊什特尔从牢房里放了出去，用生命之水浇在她的身上，伊什特尔复活了。

爱神伊什特尔终于又回到了天上，她的地下世界之行让她吃尽了苦头，所以，她再也不想做地下女王了，又开始为人间播撒爱心。从此，大地又恢复了以前的欢乐，亲人相互关爱，男女恩爱，人类又开始繁衍了。

红妖黑牛

地狱中生活着一位神灵,他是地狱魔王的子孙红妖。他出生的时候是一头黑牛,经过很长时间的修炼,才渐渐有了人形。他不但神通广大,而且一直想统治整个宇宙,包括天上的神灵。

他听说天神诺尔有一块生命牌,这块生命牌法力无穷,它不但保护着天神诺尔的生命,还是统治整个世界的法宝。红妖特别想得到这块生命牌,可他又不敢贸然行动,因为生命牌整天挂在天神诺尔的脖子上。

红妖经过周密的计划后,便悄悄地从地狱中溜了出来,来到了天上。他每天隐藏在天神诺尔家周围,细心地观察诺尔。费尽心机的红妖终于发现:诺尔每天起床后,洗浴时会把生命牌从脖子上取下来,放在桌子上。红妖认

为这是一个机会。

　　一天深夜，红妖偷偷地杀死了天神诺尔的侍从，躲在诺尔的房子里。天神诺尔起床后，把生命牌从脖子上轻轻地取下来，小心翼翼地放在桌子上，然后就从容地走进浴池洗浴去了。红妖躲在屋子里，眼睛紧紧地盯着生命牌，心中一阵惊喜。他轻轻地走到桌子前，一把抓起生命牌，紧紧地攥在手里，迅速地冲出诺尔的房间，然后飞向人间，在一座大山中找了一个隐蔽的地方躲了起来。

　　天神诺尔洗浴完，发现生命牌不见了，心中吃

了一惊，大声喊自己的侍从，没有人应声，诺尔就感觉事情不妙。当他看到自己的侍从被杀死后，他心中全明白了，生命牌被偷走了。想到这儿，天神诺尔浑身发冷，生命牌是用来统治宇宙的，有至高无上的权力，如果落到坏人手里，坏人就会用它来统治整个宇宙，后果不堪设想啊！

诺尔急忙召集天神，商量怎样捉拿盗贼，夺回生命牌。天神们听到这个消息也很吃惊，大家拿出魔镜，诺尔对着魔镜说："魔镜，魔镜，快告诉我，是谁偷走了我的生命牌？"诺尔的话音刚落，魔镜中就出现了红妖偷生命牌时的情景。天神知道了，生命牌是红妖偷的，他们决定一定要捉住红妖，夺回生命牌。

天神问众神："红妖偷了生命牌，你们谁能把生命牌从红妖手中夺回来？"众神听了诺尔的话，很长时间竟没有一个神回答，大家都知道红妖凶猛善战，再加上手中有了生命牌，众神都没有把握战胜红妖。诺尔见众神都不说话，又说道："我们众神是代表正义的，红妖只能代表邪恶，正义一定能战胜邪恶，只要有足够的信心和勇气，就一定能打败红妖。夺回生命牌的神将被封为最伟大的神，我要使他的名字在天上和人间永世传颂。"

天神诺尔的话音刚落，天神亚美就站了起来，大声地对诺尔说："我愿意代表正义战胜邪恶，把生命牌夺回来。"诺尔很高兴地走到亚美的身边，用手拍着亚美的肩膀说："好样的，你一定行！你是一位勇敢的英雄！"众神都很佩服亚美的勇气。

亚美拿着自己的武器，带领着自己的天兵天将，来到红妖躲藏的大山前，向红妖发出挑战。先是用火攻，大火烧光了山中的花草树木，红妖不露面。接着用水

攻，大水淹没了大山，雷神也来助战，天空中雷电交加，震耳欲聋，众神都累了，可红妖还是不露面，怎么办呢？亚美焦急地走来走去，他看到地上的青草，眼前忽然一亮："有啦！红妖的原形是一头黑牛啊！如果用草引诱黑牛，一定能成功！"

天神亚美在山的旁边铺上了一张天网，然后把天上鲜美的水草移栽在天网上，随后又让风神刮起了一阵微风，把水草的芳香气味吹到了山中。此时的红妖正饥饿难耐，一阵清风吹来，带来了新鲜水草的气息，红妖一下子来了精神。他顺着青草的气味一步步从山中走了出来，来到嫩嫩的、绿绿的青草地中间。红妖变成了一头黑牛大口大口地啃着鲜美的水草。

天神亚美念动咒语，天网一下子就卷了起来，把红妖黑牛紧紧地捆在了网中。天网把红妖黑牛带到天神亚美的跟前，亚美轻轻地从红妖身上取下生命牌，交给了天神诺尔。

正义最终战胜了邪恶。

智取文明的阿丽娜女神

女神阿丽娜是月亮神的女儿,她是一个漂亮而又聪明的爱神。她还是巴比克城的保护神,她心地善良,关心和爱护着巴比克城中的人们,让城中的人每天都在幸福快乐中度过,因此,她受到了人们的尊敬。

阿丽娜为巴比克城日夜操劳,很快,这座城市繁荣起来,人们生活得幸福美满。但她觉得巴比克城还缺少文明的礼仪。于是,阿丽娜想到了智慧之神阿思达。

智慧之神阿思达用他的智慧创造了很多文明的礼仪,可他又非常自私,从不把这些文明礼仪传给别人。为了防止自己创造的礼仪被别人偷走,他在他居住的深不可测的海底建造了一座城市,存放这些礼仪。这座城市是苏美亚尔最古老的城市阿利都。整个城市戒备森严,要想从这儿偷走文明礼仪简直比登天还难。

女神阿丽娜经过一番精心打扮,把自己打扮得光彩照人。阿丽娜看着镜子中美丽的自己,高兴地离开了巴比克城,到海底拜访智慧之神阿思达。

阿思达听说女神阿丽娜来了,心中十分高兴,因为他早就听说女神阿丽娜美丽善良,想见一见这位女神。阿思达赶忙让侍从把女神阿丽娜请进来。阿思达远远看到阿丽娜,就被她美丽的容貌吸引住了。

阿思达决定设宴招待阿丽娜。酒过三巡,阿丽娜看到阿思达不胜酒力,已有了

几分醉意,就端起酒杯来到阿思达跟前劝酒。阿思达接过酒杯一饮而尽,阿丽娜滔滔不绝地赞美阿思达,阿思达高兴得喝了一杯又一杯,醉意浓浓地对阿丽娜说:"亲爱的阿丽娜,以我无边的神力,我要给你神权,给你美丽的王冠和

神圣的宝座。"阿丽娜赶忙感谢阿思达的馈赠,并很亲热地吻了一下阿思达。这下阿思达完全陶醉了。阿思达不停地向阿丽娜赠送礼品,最后把他创造的一百多种神圣的文明礼仪都送给了阿丽娜。阿丽娜高兴地收下了这些礼仪,就急急忙忙地向阿思达告辞,返回巴比克城。

阿丽娜把阿思达赠送的礼品都装上了天船,扬起帆,飞快地向巴比克城驶去。阿丽娜走后不久,阿思达酒醒了,他这时才发现自己心爱的宝贝——文明的礼仪找不到了。他终于想起来了,自己刚才酒喝得大醉,糊里糊涂地把那些文明的礼仪送给了女神阿丽娜。想到这儿,阿思达向侍从迈里丘恩问道:"阿丽娜现在到什么地方了?""她的船快要到比达来港了。""我现在命令你,带上一群最凶猛的野兽去追赶阿丽娜,一定要把我心爱的宝贝夺回来!"

迈里丘恩带着一群野兽,飞快地追上了阿丽娜。迈里丘恩大声喊:"我的主人阿思达让你把那些文明礼仪归还给我们!"阿丽娜装作很吃惊的样子说:"不会的,阿思达是位伟大的神,他不会违背自己的诺言,他刚刚在酒宴上已经把这些文明礼仪赠送给我,怎么可能再要回去呢?"迈里丘恩一听,知道讲道理自己是理亏的,于是

他手一挥,他带的那群野兽冲到了阿丽娜的船上,开始抢夺那些宝贝。阿丽娜也早有准备,她命令手下全力保护船和宝贝,她去和群兽奋力搏斗。阿丽娜挥动自己手中的兵器,没用几下,便把迈里丘恩打败了,迈里丘恩看到自己不是女神阿丽娜的对手,只好带着那群野兽败走了。阿丽娜命令手下人继续快速前进,她知道,阿思达是不会善罢甘休的。

迈里丘恩败退到了阿利都城,垂头丧气地向阿思达禀报。阿思达把迈里丘恩臭骂了一顿,自己带着那群野兽向阿丽娜追来。可是,当他快要追上的时候,阿丽娜已经进了巴比克城,阿思达知道宝贝是夺不回来了,只好气急败坏地回去了。

女神阿丽娜带回来的一百多种文明礼仪,受到了巴比克城人民的热烈欢迎。阿丽娜把带回来的文明礼仪送给了人们,从此,巴比克城的人们就过上了文明的生活。

灾难之神爱拉

爱拉是灾难之神，他有一颗冷漠的心，他把破坏、杀人作为乐事，被称为可怕的刽子手。人们只要听到他的名字，就会心惊肉跳。爱拉还有一个助手叫塞波，他会变化出七种凶恶的模样，能够呼出死亡的气息，只要闻到就必死无疑，谁见了他都逃不了一死。他经常出很多坏主意，让爱拉用不同的方法给人类制造灾难，他的心比爱拉还要歹毒十倍。

一天，爱拉躺在卧榻上，脑子不停地思索着下一步该做什么坏事。助手塞波站在他身旁，看到爱拉躺在那里半天没有动静，就朝爱拉喊起来："起来，爱拉！今天的天气不错，你应该跨上坐骑去闯荡，去吞食来往的女人，看见众人在你面前浑身颤抖，那才是最快乐的事情。"在塞波的催促下，爱拉起来召唤他的谋臣伊波索姆，要他安排出行的仪仗。伊波索姆听说主人又要出发，知道人类又要遭殃了。他是一个很有同情心的神，不禁对人类产生了怜悯之心，就劝说爱拉："噢，我的主人，你席卷大地无情杀戮制造了无数灾难，千万不要再听塞波的话，他是一个十足的疯子。""住嘴，伊波索姆！"爱拉一脸的不高兴，"你得听我的话，所有的神灵中我最厉害、最勇敢。地上的人类不听我的话，不把我放在眼里，他们应该受到惩罚，让他们知道不听我的话有什么样的下场。我将鼓动伟大的马多克神离开他在巴比伦的

住处，由我来惩治这些逆民。"伊波索姆叹了口气，他是不能违抗爱拉的命令的。

　　爱拉上了坐骑，带着助手塞波和伊波索姆来到巴比伦城，走进众神之主马多克的神庙，对马多克说："我的主神，你是王权的象征，你的神庙围绕着神圣的光环，镶嵌着亮晶晶的星星，是那样美丽，又是那样神圣。可是现在有人类想从这里把它偷走，你快离开这个地方，让勇敢无畏的我来消灭那些谋权篡位者！"马多克将信将疑，他担心自己离开神庙会造成动乱。爱拉向马多克保证，在他离开的时候，爱拉会保护大地免遭损害，不准巨人和下界的鬼魂祸害人类。马多克轻信了爱拉，离开了巴比伦的神庙。

马多克前脚刚走，爱拉就急不可待地向伊波索姆下了命令："打开大门，我要出征。我要打败太阳，让世界处于一片黑暗之中，我要把每座城市都变成废墟，让黑头发的阿卡德人尸骨成山；我要搅动大海，断绝海中的生物；我要踏平大地，不留一个生灵。"爱拉口出恶言，一旁的大臣伊波索姆心急如焚。他不忍心让人类被斩尽杀绝，试探着劝说爱拉放弃恶念，但灾难之神一句也不肯听。爱拉带着助手塞波洗劫了巴比伦城。他又奔向乌尔城，扑到圣城伊丝塔尔的神庙，踏平乌尔城后他还不肯停止。

伊波索姆对主人的暴行已经忍无可忍，他一次次试图让爱拉平息怒气："我的主人，有罪的人和无罪的人、献祭的人和不献祭的人、忠孝的人和不忠孝的人统统被你杀光了。你能得到什么好处？你只会招来诅咒和痛恨，没人会信奉你，众神会谴责你，主神会惩罚你，你这样做早晚有一天会害人害己，难道还不悔悟吗？"伊波索姆的话像冷水般扑灭了爱拉心中的邪火，他慢慢地冷静了下来。他被伊波索姆的话打动了，有了反悔之意，就问伊波索姆该如何是好。伊波索姆就劝爱拉尽力去帮助阿卡德人。爱拉听从了劝告，心平气和地对众神说："巴比伦的邻国野心勃勃，早就想挑起战争，并想趁机杀死阿卡德人，阿卡德人奋起抵抗侵略，我会助阿卡德人一臂之力，帮助他们战胜敌人。"众神听了爱拉的话，觉得他有点儿改邪归正的念头了，众神心中有了希望。

　　过了几年，在爱拉的帮助下，巴比伦果然慢慢地繁荣起来。整个巴比伦城井井有条，百姓们安居乐业，过着和平幸福的生活。

　　百姓们齐颂赞歌，他们感激神灵的恩德，他们修建了依库尔神庙，日夜献祭，虔诚无比。对于爱拉，人们

每年都会在神庙前唱歌，诉说爱拉如何毁灭国家，发泄怒气，强迫人类和生灵屈服，大臣伊波索姆又怎样抚平了爱拉的杀心，使爱拉改邪归正，将功补过，颂扬了爱拉后来的恩德。

爱拉听到了这支颂歌，非常高兴，赞扬谋臣伊波索姆对他的忠心。从此，天界人间一片和谐。

水神安琪和妻子娜格尔塞克

东方有一个美丽的地方叫德里蒙，那里空气清新，景色秀丽。伟大的水神安琪很喜欢这个地方，就带着自己的妻子娜格尔塞克居住在了这里。

德里蒙是一个理想中的世界，那里的一切生灵都是平等的，没有剥削，没有压迫，相处得总是很和睦。德里蒙人的脸上总是带着春天般的微笑，他们从不生病，个个健康长寿。

然而，德里蒙这个天堂也有不尽如人意的地方，这里的水是苦的。为了能得到甜水，让这个地方更完美，德里蒙人就到水神安琪那里祈求甜水。安琪答应了，于是，德里蒙的苦水变成了清凉的甘露。此后，周围的庄稼得到甘露滋润，年年丰收。德里蒙更加兴旺发达，变成人人向往的神仙乐园。人们对伟大的水神安琪更加尊敬和感激了。

水神安琪和妻子娜格尔塞克相亲相爱，幸福快乐。后来，娜格尔塞克怀孕了，九天后，女神顺利地产下一个皮肤白皙的女婴，女婴很快由婴儿长成了少女。少女又受孕怀胎，经过九个月的孕育，也生下一个女儿。这个女儿长大后，又受孕生下了乌图。乌图又再次受孕怀胎，产下了八种新的植物。

一天，水神安琪在湖边散步，发现周围有许多好看的植物，自己从前从来没有

107

见过，也不知道名字。安琪十分好奇，他转过头，指着一株植物问跟在身后的侍从："你知道这是什么植物吗？""我的国王，这是树草。"侍从回答说。

安琪把树草的茎叶折下来，放嘴里尝了尝，高兴地说："味道挺好的，有一丝淡淡的香味。"

就这样，安琪看到了八种他不知名字的植物，并且把它们的茎叶都放进嘴里尝了尝，觉得这些植物的味道都不错。

安琪的妻子娜格尔塞克听说了这件事，非常恼火。原来，这八种植物是按安琪的妻子娜格尔塞克的意思生出来的。娜格尔塞克非常疼爱它们，把这八种植物当作自己的心肝宝贝。她听说自己心爱的植物被折断品尝，不由得火冒三丈，她大声诅咒安琪会得到报应的，然后就气冲冲地走出了家门，很快，便消失得无影无踪。

安琪遭妻子娜格尔塞克诅咒之后，咒语生效了，他身体上一共有八个部位染上疾病，病情不断恶化。

安琪生了病，地方神恩利尔听说后赶来探望。病情很严重，恩利尔不知怎么办才好，便决定召开众神会议，希望群策群力想出办法。

在众神会议上，大家一筹莫展。神灵们都说解铃还须系铃人，只有找到大地之母娜格尔塞克才能为安琪消灾除病。可是到什么地方去找娜格尔塞克呢？

正在犯愁时，一只狐狸进来了，狐狸说它能找到娜格尔塞克。恩利尔喜出望

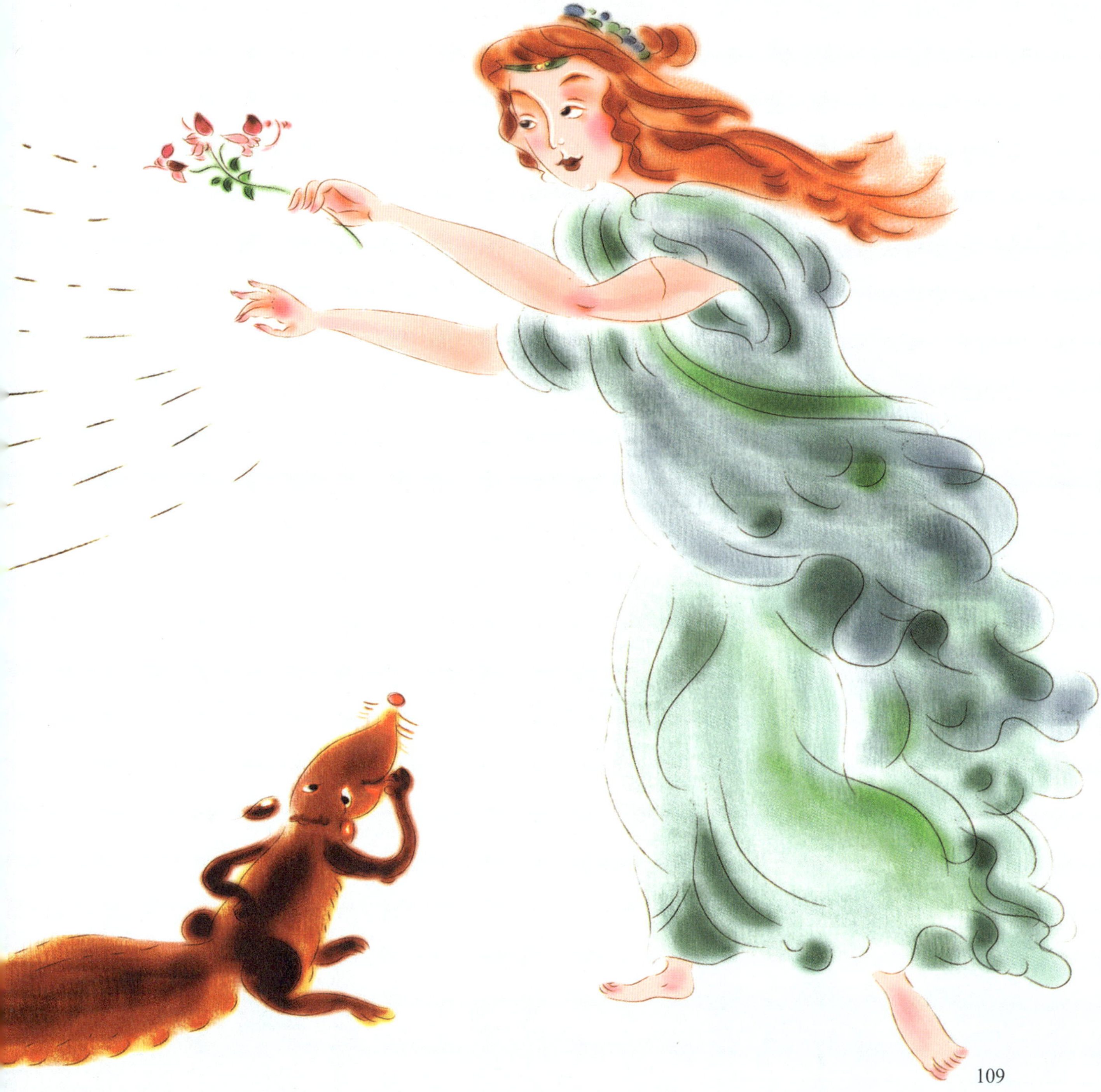

外。狐狸说它一定能找到娜格尔塞克,说完狐狸转眼就消失得无影无踪。

神灵们焦急地等待着,不一会儿,狐狸请来了娜格尔塞克,娜格尔塞克看到病床上的水神安琪,已经很憔悴了,她没有顾得上多说话,就奔向安琪的病榻。

娜格尔塞克造出了八个小神来给安琪治病,安琪的病很快就好了起来。

娜格尔塞克这才松了一口气,她告诉安琪,这八位给安琪治病的小神,就是乌图生下来的八种植物。安琪明白了这些植物都是自己的孩子,他对这八种植物说道:"现在,我要封阿布那梯为植物之王,南蒂为新月之王,安莎卡卡为德里蒙的地方神。还有,将南苏土许配给马汉,南蒂与安吉什吉达结合为夫妻。南卡西掌管满足心灵渴望的职权。"

众神都非常高兴,大家齐声赞颂安琪此举英明,为自己能受到安琪大神的统治而感到欣慰。

印第安神话

日 月 神

很久以前，天地虽然分开了，但到处都是漆黑一团。那时，在黑暗中生活着许多神，时间长了，他们都渴望见到光明。于是，众神就聚集在一起，商量着怎样能找到光明，让世界明亮起来。可是谁也不愿意牺牲自己，给别人带来光明。众神商量了几天都没有结果。

有位叫约翰可特利的神，看到众神都不愿去照亮宇宙，就站了出来对众神说："我愿意去照亮宇宙。"众神都用敬佩的眼神看着约翰可特利，但一位神是不够的，还要再选一位神与他同去才可以。众神一听要再挑选一位神，都害怕地低下头不说话。病神纳纳和共，别看平时一副病恹恹的样子，却有自己远大的志向，他希望有一天自己能做一件大事，让后人永远记住他。纳纳和共站起来看了看众神说："我愿意和约翰可特利一起照亮整个宇宙。"众神都吃惊地看着弱不禁风的纳纳和共说："纳纳和共，你愿意接受这项光荣的使命吗？"纳纳和共很平静地回答说："我愿意而且乐意接受。"

照亮宇宙的神选出来后，要举行隆重的祭祀仪式。搭好祭祀神坛，又在山坡上燃起了一堆篝火。约翰可特利很庄重地走到神坛前，献上了珍贵的贡品：一束凯利鸟的美丽羽毛、上等的香树脂，还有一个用纯金制成的大球。在祭祀时，约翰可特利用尖端镶嵌着宝石的红贝壳磨成的针刺破了自己的手臂，来祭祀神灵。病神纳纳和共也走到神坛前，他供奉的是用九根芦苇和九个稻草扎成的小球，他用龙舌兰的刺刺向自己的手臂，祭祀神灵。

祭祀的仪式连续举行了四天，到了第五天时，仪式正式开始了。约翰可特利身

上披着羽毛制成的华丽大氅（chǎng），穿着软布缝制的上衣。纳纳和共没有华丽的衣服，他头上戴着用纸制成的帽子，大腿上缠着绷带，身上的斗篷也是用纸制成的。众神分成两行，站在篝火的两旁，激动人心的时刻终于到了，众神对着约翰可特利齐声高喊："勇敢的约翰可特利，你将给宇宙带来光明！"约翰可特利听到众神的喊声，向后退了几步，然后向篝火冲去，可当他到了篝火边上，看到熊熊燃烧的大火时，他不由自主地退了回来。他一连努力了四次，都没有成功。众神无可奈何地把目光投向了纳纳和共，并一起向纳纳和共喊道："勇敢的纳纳和共，投入火中吧，你将给宇宙带来光明！"纳纳和共镇静自如，众神的

话音刚落，纳纳和共双眼一闭，一跃而起，迅速投入熊熊燃烧的大火中。约翰可特利看到纳纳和共表现得如此英勇，一下子受到了感染，他也双眼一闭，冲进了火中。

不久篝火渐渐熄灭了，众神都坐下来祈祷，他们相信，纳纳和共和约翰可特利很快就会在天空中出现，并能发出耀眼的光芒，照亮整个宇宙。他们耐心地等待着，奇迹出现了：四面八方的天空中出现了美丽的朝霞，朝霞的红光把眼前的一切都映照得异常美丽。众神都被眼前的美景惊呆了，一起跪下来，迎接纳纳和共带来的光明。他们不知道纳纳和共将在哪个方向出现。他们自发地分成了四组，每组向一个方向跪下。很多神都不相信太阳会从东方升起，所以只有几个意志坚决的神认

为太阳一定会从东方升起，他们一起凝视着东方，等待着太阳升起来。

过了一会儿，纳纳和共的化身——一轮火红的太阳从东方冉冉升起来了，它万丈霞光，光芒四射，照亮了整个宇宙，给世界带来了光明和温暖。太阳越升越高，众神欢呼起来，从此就要告别阴暗寒冷的世界了，他们齐声歌唱，纷纷对着太阳磕头跪拜！太阳升起来不久，约翰可特利的化身——一轮圆圆的月亮，也慢慢升起来了，发出了柔柔的光。朦胧的月光温柔地笼罩着宇宙的一切，众神也欢呼起来，对着月亮升起的方向跪拜。

从此，太阳白天给人类带来光明、温暖；月亮夜晚给人类带来光辉，一直到现在。

太阳神和他的儿女

人类诞生初期，生活条件恶劣，没有房屋住，只能三五成群地生活在山洞里、岩石缝中。没有食物吃，只能以野草、野果果腹。没有衣服穿，只能以树叶或者兽皮蔽体，有的甚至赤身裸体。

太阳神看到人类的悲惨生活，非常同情，想帮助人类过上幸福快乐的生活。于是，太阳神把自己的一个儿子和一个女儿叫到身边，很和蔼地对他们说："人类的生活太苦了，我想派你们两个到人间，帮助他们。你们帮助人类建造房屋，让人类生活在温暖舒适的房子里。教给他们播种、耕种的方法，让人类通过自己的劳动，有饭吃，有衣穿。最重要的是，你们要帮助人类制定文明的法律，让他们都成为文明的、有理想的人。"太阳之子和太阳之女听了很懂事地点点头。因为，他们知道自己担负着人类的幸福和未来，责任重大。

太阳之子和太阳之女到人间去之前，太阳神把一根一米长、两根手指那样粗的金棒，交给了他们，并一再叮嘱他们说："你们无论走到哪里，都要用这根金棒试一试，如果这根金棒能很顺利地插进泥土里，说明可以在那里建立你们的城镇和王朝。城镇和王朝建立后，你们对待人民要公正、仁慈、宽厚。我也会在天上帮助你们，送给人类温暖，以祛除寒冷；给人类播撒阳光和雨露，滋养他们的庄稼、果

树。我会让人类牛马成群,粮食满仓,果树成行。你们要做英明的君主,用你们勤劳的双手和善良的心去训导人民,统治天下!"

太阳之子和太阳之女来到人间,心中牢牢铭记太阳神的教诲,开始寻找适合建立城镇的地方。他们向北走过了很多地方,用金棒向地面插了无数次,可金棒都不能插进土内。他们历尽了千辛万苦,也没能找到适合建立城镇的地方,但他们没有气馁,仍坚持不懈地寻找着。一天夜里,他们在一个山洞中过夜,天亮了,太阳之子从山洞中走出来,刚刚升起的太阳正好照进了山洞,霎时,山洞中金光闪闪。太阳之子的身上洒满了金色的阳光，像太阳一样光芒四射。太阳之子感觉这一定是太阳神在给自己神灵的指示，这里应该适合建立城镇或村庄。

于是他们一起来到山脚下，这里山清水秀，阳光明媚，空气清新，土地平整，草木茂盛。他们拿出金棒向地上插去，金棒很容易就插进了土地。他们高兴得跳了起来，终于找到适合建立城镇和王朝的地方了。

太阳之子和太阳之女把人类从山洞、岩石缝、荒山、树林或地洞里召唤出来，并告诉人类说："我们是太阳的儿女，太阳神派我们来到人间，是帮助人类摆脱贫穷和苦难的。"人类跟随太阳神的儿女，住进了他们建造的房屋中。他们把人类

分成几部分：一部分人向太阳之子学习弓箭、狩猎，捕获更多的猎物；一部分人学习使用锄头，播种、耕种；还有一部分人学习建造草棚和房屋。太阳之女把纺线织布、裁缝衣服的方法教给了妇女们，人类从此有了抵御寒冷的衣服。

在太阳之子和太阳之女的帮助下，人类的生活一步步走向光明。太阳神有时到人间看一看，发现人类有什么困难，就帮助人类，人间风调雨顺，万物祥和。太阳神看到他的儿女改变了人类野兽一样的生活，让他们生活得幸福快乐，很满意，就任命太阳之子和太阳之女为印加王和王后。

太阳之子插入金棒的地方，是太阳神给人类造福的地方。后来，人们为了感谢太阳神，在那里建了一座寺庙，庙里供奉着太阳神。

战 神

在一座蛇山上，住着一个名叫库特丽克的女人，她一共有四百个儿子，人称四百兄弟；她只有一个女儿。

善良的库特丽克曾经许下诺言，每天按时到蛇山上，打扫山上的神庙。不管刮风下雨，库特丽克从没有间断过。有一天，在她清扫圣殿时，有一个插着羽毛、像一团羊毛的小球从天上落下来，库特丽克刚好看到，她见小球毛茸茸的很可爱，就把小球捡起来揣在怀里。她打扫完神庙，坐在台阶上休息时，她想拿出小球看一看，找遍了全身，却怎么也找不到了，她感到很奇怪。

没过多久，库特丽克就发现自己怀孕了。她的儿子们看到自己的妈妈快要生孩子了，却又不知道孩子的父亲是谁，都十分恼火，气势汹汹地说："是谁让咱们家蒙上如此奇耻大辱？如果让我们知道，一定不会放过他。"大姐也趁此机会挑唆："兄弟们，我们的老娘没有征得咱们的同意就怀了这么个野种，让她活在世上多么丢咱们的脸。依我看找个机会打死她算了，不能让这个野种出生！"

这些话让妈妈库特丽克知道了，她非常伤心，这件事的确让她感到难为情，也觉得有些丢孩子们的脸。可自己的孩子们竟然有这样的想法，让她很伤心，库特丽克每天叹息流泪。每当库特丽克伤心的时候，她肚子里的孩子好像能感觉到，总是安慰母亲说："别怕，这件事我自有安排！"女人听了孩子的话后，心里踏实了很多。

离孩子出生的日子越来越近了，四百兄弟穿上盔甲，拿着武器集合起来，要杀死自己的母亲。四百兄弟中有位叫作魁特利约克的，他是一个善良的人，不忍心看到兄弟们把母亲杀死，他把兄弟的打算偷偷地告诉了母亲和母亲肚子里的孩子。肚子里的孩子一点儿也不害怕，他叮嘱魁特利约克说："不要为我们担心，你只要好好看着他们，看他们干些什么，听他们说些什么，然后告诉我，我自有办法对付这帮没有良心的家伙。"

四百兄弟向母亲住的蛇山进发了。他们手执长矛，全身戴满了棉饰品和贝壳饰物，走在最前面的是恶毒的大姐，手中拿着一把寒光闪闪的刀，眼睛中露出吓人的凶光。

魁特利约克提前赶到山里，通知了母亲和将要出生的孩子，四百兄弟马上就要杀过来了，这帮家伙一个个心狠手辣，要母亲他们一定要小心。

兄弟们快要踏进母亲家的门槛了，就在这危急关头，肚子里的孩子诞生了。他出生时身上已经穿着明晃晃的盔甲，他左手拿着一面圆形的蓝色盾牌，右手握着一支蓝色的长矛。他的脸上布满黄色斑纹，头上插着羽毛头饰。他的大腿和双手涂着同样的蓝色，他的左脚比右脚薄，上面覆盖着羽毛。

孩子拿出一条木蛇，命令母亲的一个侍卫把木蛇点燃，木蛇冒着烟，像箭一样射向了走在队伍前面的大姐，木蛇射中大姐后就立刻燃烧起

来，霎时间大姐就被熊熊燃烧的火焰吞没了，大姐号叫着，很快就一动不动了。四百兄弟冲过来把木蛇剁成几段，直到现在那颗蛇头还在蛇山上。

孩子挥舞着手中的长枪，向四百兄弟发起进攻。孩子一枪刺过去，敌人便倒下一大片；长枪一抢，敌人又倒下一大片。四百兄弟很快就败下阵来，孩子乘胜追击，把那些一心想杀死母亲的哥哥们赶下山去。

四百兄弟失败了，死伤无数。幸存者请求谈和，但那孩子丝毫不予理睬，发誓绝不罢手，要彻底洗刷家族所蒙受的悖逆罪。剩下的兄弟们只好躲到遥远的长满荆棘的河谷盆地去了。后生的孩子把四百兄弟的武器和领地据为己有，满载而归，成为人们供奉的战神。

后来他的母亲库特丽克成为大地女神，他的姐姐在大火中升上天空，成为月亮之神，四百兄弟成为天上的明星神。

非洲神话

太阳神莱昂的故事

很久以前的宇宙，只有一片苍茫的大海和一块很大的固体。天神努生活在无边无际的大海之中，他有一个儿子，天真可爱，名字叫莱昂。

莱昂一天天地长大了，他不愿生活在海里，也不喜欢那一块黑乎乎的固体。一天，莱昂神对着那块固体大喊一声："赶快分开！分成两部分，不要挡住我的视线！"莱昂神的话音刚落，那块固体果然分成了两部分：一部分慢慢地向上升，变成了蓝天；另一部分慢慢地向下降，形成了大地。

莱昂神在天空撒下了洁白的云朵，把天空装扮得很美丽。到了晚上，莱昂神又把星斗洒满天空，星星在美丽的夜空眨着眼睛，十分迷人。莱昂神又创造出了地球上的万物，当然，也包括勤劳善良的人类。莱昂神创造了大地上的万物，成了众神之王。

他喜欢到大地上生活，只要看到人们有了困难，就尽自己的能力帮助人们，从来不收取人们的报酬。人们都很尊敬他，愿意听从他的吩咐，莱昂神成了地球上的第一位国王。

莱昂神既是众神之王，又是拥有至高无上权力的国王。很多神都很羡慕他，也招来一些神的嫉妒。有一位女神叫迪西斯，她想像莱昂神一样拥有无穷的法力，让

众神羡慕。有一天，女神迪西斯探听到一个关于莱昂神的秘密：莱昂神有很多个名字，其中有一个名字具有法力，谁知道了这个名字，只要口里一念，他立即就会像莱昂神一样法力无边。不过，这个名字只有莱昂神自己知道。

女神迪西斯变作另外一个女人，假装很关心莱昂神，取得了他的信任。莱昂神年纪大了，说话的时候经常流口水，迪西斯就把莱昂神的口水和地上的泥土一起捡起来，带回自己家中。她将泥土烘干，做成了一支长矛。她又把这支长矛变作一条

毒蛇，这条蛇天神和凡人都无法看见，她偷偷地把蛇放在莱昂神经常去散步的小路上。

有一天，莱昂神到小路上散步，藏在草丛中的蛇冲上去，在莱昂神的腿上猛咬了一口。莱昂神大叫一声，跌坐在了地上。毒液很快就流遍了他的全身，他发起烧来。仆人们赶忙跑过来，七手八脚地把莱昂神扶起来，只见莱昂神的身体不停地摇晃发抖。莱昂神心里十分清醒，他竭力使自己保持镇定，不使身体摇晃，更不大声喊叫，他怕自己不小心说出那个秘密的名字。

人们围在莱昂神身边，脸上布满了阴云。女神迪西斯也混在人群中，脸上虽然装出很悲伤的样子，其实心里别提有多高兴了。她知道，当疼痛折磨得莱昂神无法忍受的时候，莱昂神就会说出那个秘密名字。

女神迪西斯悄悄地在口中念咒语，使莱昂神的身体更加疼痛。这要比死亡更难忍，可怜的莱昂神感到浑身一阵阵彻骨的疼痛，他实在忍不住了，说出了那个秘密名字。女神迪西斯看到自己的目的达到了，就又悄悄地念动咒语，把莱昂神体内的毒液驱散了。

人们渐渐地发现，莱昂神没有了以前的法力，有些人开始不敬重他，甚至有些臣民公开出来和他对抗，藐视他的统治。甚至有人想杀了他另立一个新国王。

莱昂神听到了怨言，很气愤，就派天神哈特尔下凡去惩罚那些不知天高地厚的人们。天神哈特尔穿上铠甲，拿起神剑，杀气腾腾地向人间杀来。她在大地上狂奔，只要是她遇到的人，不管男女老幼，统统被她杀死。鲜血染红了大地，人间一片悲惨。

莱昂神觉得女神哈特尔不分好坏地大肆杀害人类，很残忍。他下令让哈特尔停止杀戮，可已经杀红眼的哈特尔却不愿意停下来。莱昂神派使者采来"美德草"，把草研碎，和大麦一起浸泡在人血中酿成了许多啤酒，足足装满了七千只坛子。

天快要亮的时候，莱昂神让人将这些啤酒放在女神休息的地方。女神哈特尔发现了这些坛子，她走过去打开一只坛子，一股美酒的香味飘进了她的鼻子。她抱起坛子，开始大喝起来，忘记了莱昂神交给她的任务。女神哈特尔几乎喝完了所有的

啤酒。她醉倒了，在大地上美美地睡了一觉。当她醒来时，早把杀人的事忘到九霄云外了，她伸伸懒腰，回天国了。

莱昂神觉得自己老了，到天上生活去了，可他对人类的恩赐人们是永远不会忘记的。

冥王奥西里斯

莱昂神是统治人类的神。莱昂神老了的时候，要到天上去了，莱昂神就把统治人类的事交给了奥西里斯。

奥西里斯接替了莱昂神之后，把整个身心都投入了工作中。那时的人类还很野蛮，生活条件很差，他们以捕食野兽为生，十几个人或者几十个人结成零零散散的部落，在山谷中过着流浪的生活。由于食物缺乏，为争夺一点儿可怜的猎物，部落之间经常发生战争。奥西里斯统治人类之后，第一件事就是制定了严明的法令，不允许人们互相残杀，使埃及整个国家都进入了前所未有的和平时期。

奥西里斯知道，制定了法律还不能真正解决问题，解决问题的关键是让人们都能吃得饱、穿得暖，不再忍饥挨饿。奥西里斯开始教给人们开垦荒田，播种庄稼，到庄稼成熟的时候，指导人们收割粮食、晾晒粮食，把收获的粮食磨成面粉，再把面粉做成各种各样的食物，这样，人们就有了充足的食物。

奥西里斯像对待自己的孩子一样对待人民，他教人们崇敬天神，建立庙堂；他教人们互敬互爱，相互帮助。从此，埃及的人民过上了文明圣洁的生活，部落与部落之间不再有战争，甚至连打架斗殴的事情也没有发生过。人们都把精力用在生产劳动中，粮食每年都获得大丰收。埃及这块古老的土地，在奥西里斯统治之后，出现了一片繁荣景象。奥西里斯的卓越功绩,受到了人民的赞誉,他在人民心中有了很高的评价。不管走到哪里,都能听到人民称赞奥西里斯的声音。

他的弟弟塞特本来对奥西里斯掌管大地就十分不满,现在看到人们爱戴奥西里斯更是恼恨得咬牙切齿,他要把管理人类的权力从他哥哥手里夺过来。

奥西里斯的生日到了,王宫里举行大型的庆祝宴会,很多人都来参加宴会。大家献上礼物,祝奥西里斯生日快乐。塞特也来了,他带着很多随从,随从们抬着一个大箱子,箱子做得又精致又漂亮。大家都认为这将是奥西里斯收到的最珍贵的生日礼物。可塞特却说箱子不是送给奥西里斯的,而是要把箱子送给躺在这个箱子里刚好合适的人。大家都觉得很有意思,纷纷跳进箱子想试一试,看自己是否有运气得到这个箱子。大家都躺进箱子试过了,可都不合适,众人都把目光投向了奥西里斯,希望他也能试一试。奥西里斯看大家都很热情,也想试一下,于是他就跳进箱子,躺在了里面,箱子的大小刚好合适。众人都发出喝彩声,箱子应该是奥西里斯的了。

正当奥西里斯准备从箱子里出来的时候,只见在一旁的塞特猛地将箱子合上了,塞特带来的仆人也冲了过来,帮助塞特用钉子把箱子死死地钉住了。奥西里斯拼命地挣扎,可无济于事。塞特又让仆人把箱子上的缝隙用锡焊死,奥西里斯的生日宴会成了他的葬礼,那只精致美观的箱子成了他的棺材。

宴会上一片混乱,很多人冲过来想解救奥西里斯,都被塞特和他的手下打败了。塞特的阴谋得逞了,他夺取了管理人类的权力。塞特命令手下将装有奥西里斯

尸体的箱子抬出王宫，偷偷地扔进尼罗河。箱子顺着河水漂进了无边无际的大海，在海面上东摇西荡，漂来漂去，很久都没有沉下去。

塞特是个残暴的家伙，他无恶不作，人们怨声载道。人们的怨言传到莱昂神那里。莱昂神立即派神救出了奥西里斯的灵魂，给了他生命，把他送到了地下冥府，让他做了冥国的国王和审判官，所有死了的人的灵魂都要到冥府接受奥西里斯的审判。

奥西里斯来到冥府，他心中装着对坏人的仇恨，所以他执法严明。奥西里斯手

下有许多条样子凶恶的蛇，它们长着脚，可以走路；长着手，拿着锋利的刀，它们用手中的刀将坏人的灵魂切成碎块。奥西里斯在审判时，发现那些罪大恶极的人，不但拒绝他们进入冥府，还让那些蛇把他们的灵魂吞食掉。

很多年以后，奥西里斯的儿子贺拉斯长大了，他非常勇敢，看到人们生活在塞特黑暗的统治下，心中非常不满。他在人们的帮助下，杀死了塞特。

塞特死后，他的灵魂进入冥府，接受奥西里斯的审判。塞特万万没有想到，这个站在自己面前审判自己的天神，就是被他害死的哥哥奥西里斯。塞特知道报应来了，绝望地叫了起来。奥西里斯一挥手，几条恶蛇已经冲向塞特，将这个坏家伙撕得粉碎，然后一块块地吞进肚里。

坏人最终都不会有好下场。

怪　鸟　斯

太古时候，尼布鲁城中有座供奉恩立卢神的神殿，叫作圣峰殿。神殿藏有一个神奇的宝贝，叫《天命书版》，它藏在恩立卢神的王冠里。《天命书版》有个神奇的功能，拥有它的人会有无穷的法力，众神都要听从他的吩咐。神殿和《天命书版》由一只名叫斯的怪鸟看护着。

怪鸟斯知道《天命书版》的神奇。时间久了，它起了贪心，要占有这个宝贝，让自己拥有支配众神和万物的能力，它要做宇宙的主人。

有一天，恩立卢神去沐浴，把王冠放在了桌子上。怪鸟斯抓起王冠里的《天命书版》，箭一样地飞向遥远的地方。

恩立卢神把众神召集来商量对策，众神你看我，我看你，都不知道该怎么办才好。过了很久，终于有一位天神打破了沉默，他对众神说："把怪鸟斯抓来，把《天命书版》夺回来。""可派谁去把《天命书版》夺回来呢？怪鸟斯本来就很厉害，再加上有了《天命书版》，哪位天神会是它的对手呢？"一位天神接着说。

众神都把目光落在了天神雅达德身上，雅达德是一位很勇敢善战的神，他看出了众神的意思，赶忙站起来说道："已经获得《天命书版》的人，又有哪位神是他的对手呢？与他作对会很快死去，变成一堆黏土的。"

众神又选派了好几位神,可他们都没有把握战胜怪鸟斯。正在大家为难的时候,一位天神想到了住在深渊里的智慧之神叶亚。恩立卢神派侍从把智慧之神叶亚请来,帮忙想想办法。

叶亚神听完事情的经过,沉思了一会儿对众神说:"大家不要担心,我去找抓怪鸟斯的人,夺回《天命书版》。"

叶亚神认为尼奇鲁斯神能战胜怪鸟斯。叶亚神有办法,他先说服尼奇鲁斯神的母亲玛哈女神,尼奇鲁斯神最听母亲的话了。叶亚神对玛哈女神说:"幸运的女神,你所疼爱的儿子尼奇鲁斯神,是最有能力的人,他有七种风作为武器,能打败任何强大的敌人。现在有一个好机会,可以让他在众神面前展示一下自己,让众神都尊敬他、羡慕他，众神也会羡慕你有一个好儿子。"

女神玛哈听了很高兴，把尼奇鲁斯神叫到面前说："孩子，你为了我，也为了我们所有的神，用你的七种风作为武器，捉住可恶的怪鸟斯，把它的喉咙割断，你的美名将永远被人们传颂。"

尼奇鲁斯听了母亲所说的话，充满了信心。母亲在他的战车上系上了七种风作为武器，尼奇鲁斯神就跳上战车，向圣峰出发了。

尼奇鲁斯神在到达圣峰的附近时碰上了怪鸟斯，怪鸟斯的头上发出刺眼的亮光。

怪鸟斯对尼奇鲁斯神说："我已经拥有众神的法力和力量，你不要自不量力了，你不怕变成黏土吗？"

尼奇鲁斯神听了冷笑着说："叶亚神赐给我神力，我代表着正义与你战斗，要把你打败！赶快把《天命书版》交出来，我在恩立卢神面前为你求情，宽宏大量的恩立卢神会放过你的，要不然就别怪我不客气了。"

怪鸟斯当然是不会轻易地把《天命书版》交出来的，一场激烈的战斗开始了。众神都来帮助尼奇鲁斯神。

尼奇鲁斯神拿出神弓，搭上箭，瞄准了怪鸟斯，只听"嗖"的一声，一支苇箭射向了怪鸟斯。怪鸟斯看见箭快要射到自己了，对着苇箭说："苇箭回去吧！"那支苇箭又回到了原来的地方。怪鸟斯拿了《天命书版》，箭无法射中它，尼奇鲁斯神有些害怕了。

雅达德神看到这种情形，就回去向叶亚神求救。叶亚神要他传话给尼奇鲁斯

神：“不要害怕，攻上去！用强风使劲吹向它的翅膀！用箭射断它的翅膀！抓住怪鸟斯，把它的喉咙割断！”

雅达德神把叶亚神的话传给尼奇鲁斯神。尼奇鲁斯神受到叶亚神的鼓励，又鼓起勇气向怪鸟斯冲了过去。他把事先准备好的四种烈风，一起向怪鸟斯的翅膀吹过去，飓风把怪鸟斯的翅膀吹断了，只听它怪叫一声，像一只断线的风筝落到遥远的地方去了。

怪鸟斯死了，众神夺回了《大命书版》。

雷神的礼物

雷扎是雷神，他力大无穷，身材高大，星星是他的眼睛。他生气时最吓人，闪电是他生气时的目光，雷是他生气时发出的吼声，有时还伴随着狂风和暴雨。雷扎外表凶恶，但心地善良。

那时的大地上还没有人，雷神造出了一个男人和一个女人，让他们在大地上繁衍。不久，大地上就有了很多人。

那时人类的生活很艰苦，雷神准备了一些礼物想帮助人们。他用南瓜做成了三个盒子，把礼物装进盒子里。他把手下蜂鸟叫来，让蜂鸟把这三个盒子送给人类。

蜂鸟那时还不叫蜂鸟，身体很大，它一展翅膀，就能遮住大半个天，一天能飞好几万里。雷神再三叮嘱蜂鸟说："这些东西是送给人类的，在没见到人类之前，你千万不要把盒子打开。"蜂鸟点了点头。

雷神刚一离开，蜂鸟就琢磨开了：里面装的是什么呢？蜂鸟心里想着，就走向了三个盒子，可是刚要打开，耳边响起了雷神交代的话，它只好又停了下来。过了一会儿，它的好奇心又来了，实在忍不住，便打开了第一个盒子，只见盒子里面装的是玉米、甘蔗、花生、棉花的种子。"也没有什么稀奇的，我再看一看这个。"蜂鸟一边说，一边又打开了第二个盒子。第二个盒子里面装的是香蕉树、椰树、枣树、咖啡树等树的根。蜂鸟想：雷神真是奇怪，这些普通的种子、树根有什么可看的呢？第三个盒子里也不会有什么好东西。它又把第三个盒子也打开了，刚打开盒子的盖儿，就看到很多黑影从盒子里蹿了出来。蜂鸟仔细一看，原来是疾病、死亡和猛兽。它们飞向四面八方，很快就消失得无影无踪。就这样，疾病、死亡和猛兽一齐降临到了人间。

蜂鸟这时才知道自己闯了大祸，它忙拿着两个装着种子和树根的盒子，还有那个空盒子，把它们匆匆交给人类，然后找了一个隐蔽的地方躲了起来。

人类收到了雷神的礼物，他们把粮食的种子撒进大地，很快，人们就吃上了自己栽种的粮食。人们把树根也种到地上，人们就有了果子吃，人们的生活变得好起来了，都非常感激雷神。同时，人类也从此开始经受疾病的折磨，有了死亡，还要防备一些野兽的袭击。人类纷纷向天神祈祷，请求天神能帮助自己祛除疾病，赶走

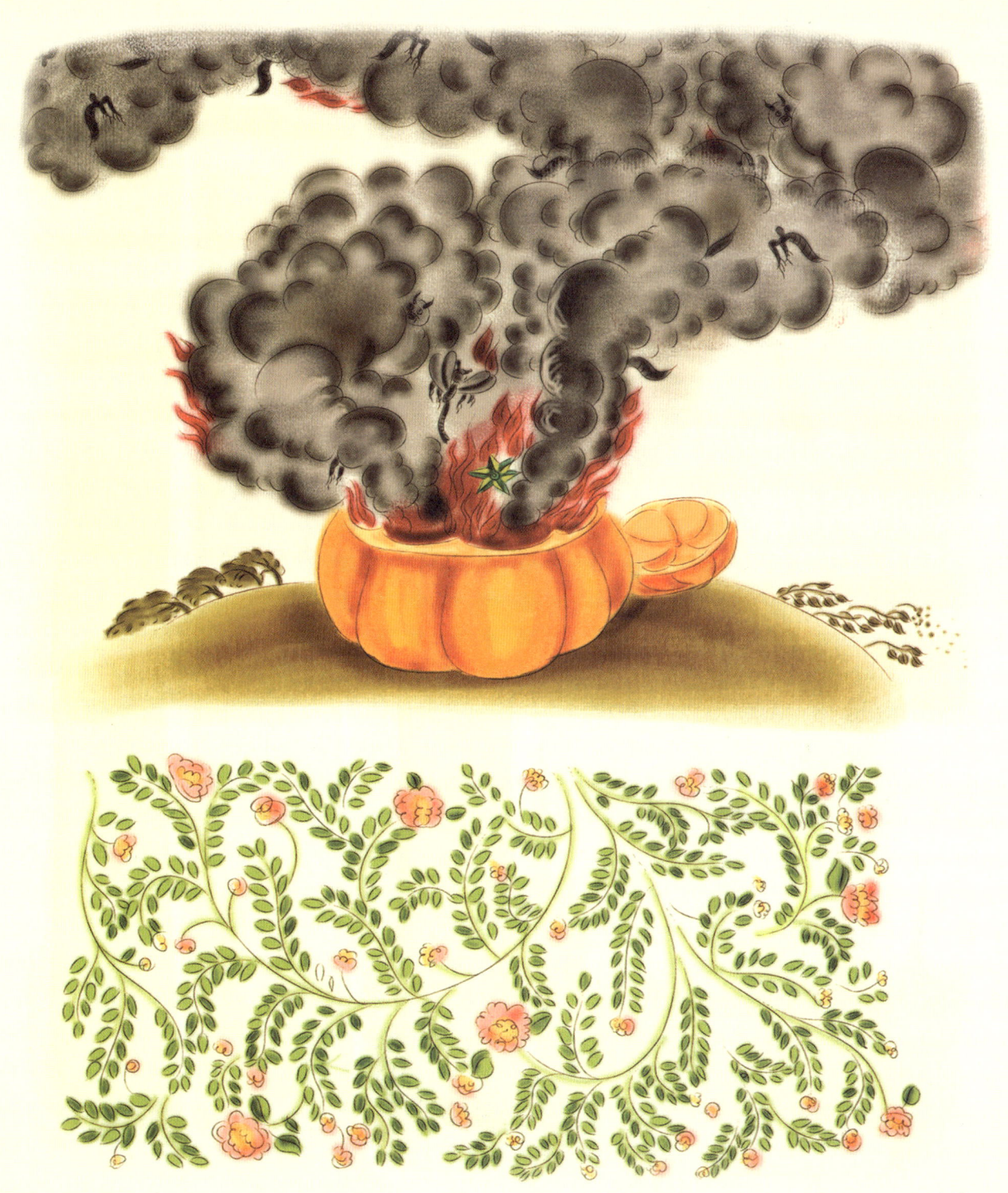

死亡和猛兽。

　　大地上人类的祈祷声传到了雷神的耳朵里，他明白了，蜂鸟给人类带来了无穷的灾祸。雷神发出了雷鸣般的吼声，他用闪电一样的目光搜寻蜂鸟，一下子就发现了蜂鸟躲藏的地方。雷神严厉地对蜂鸟说："你不听劝告，给人类带来了灾难，你应当受到惩罚。你将是鸟类中身体最小、飞得最低的鸟，所有的鸟都可以欺负你，你只有躲在花心中才能生活。"雷神说完，手一挥，一道雷电闪过，蜂鸟发现自己的身体开始变小了，一直变到只有蜜蜂那样小才停下来。从此，人们就叫它"蜂鸟"。

　　雷神觉得对不起人类，他惩罚完蜂鸟之后，就驾暴风雨亲自来到人间，教给人们摩擦生火的方法，使人们吃到了用火烤熟的食物；他还教给人类用动物的毛皮缝制衣服的方法，人类从此增强了体质，增加了抵抗疾病和死亡的能力；雷神又教会人类建造房屋，人类居住在房屋中，可以躲避猛兽的袭击；并且，他还教人类制作箭和长矛，用来猎杀野兽。

　　从此，人类又能安安稳稳地生活了。

寻找德里比卢

暴风雨之神提修布的儿子叫德里比卢,德里比卢虽然很年轻,却掌管着世间万物的生长,是一位很重要的神。可是有一段时间,德里比卢不知道为什么突然消失了。他这一消失,大地上的生灵可惨了,人和动物都无法繁殖,树木花草也慢慢地枯萎死去,人类种植的庄稼也不再开花结果,整个大地都陷入一片混乱之中。

人类为了获得粮食,就祈求天上的神想办法,人类拿出仅剩下的几粒粮食和水,供奉给天上的神。可天上的神众多,那少得可怜的食物也不能满足他们。众神也很为这件事发愁,特别是德里比卢的父亲暴风雨之神提修

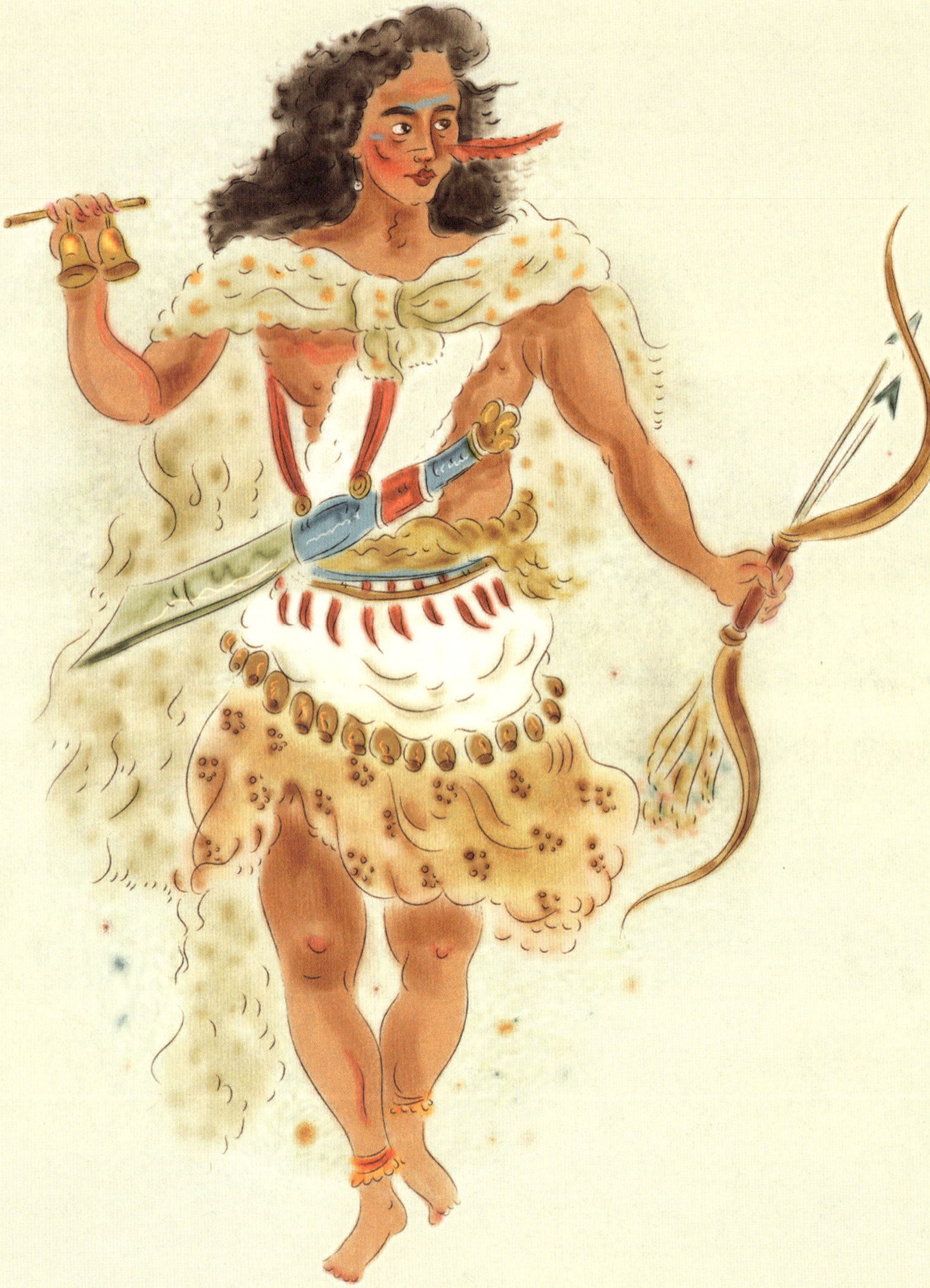

布，他更是思念自己的儿子，担心儿子有什么三长两短。提修布每天都站在门口向远处张望，一边张望，一边喃喃地说："我的孩子德里比卢啊，你到底在哪里呢？是什么事让你生气了吗？你一走，你知道我对你有多牵挂吗？你一走，让众神和人类都遭受了灾难。"

又过了几天，德里比卢还是没有出现，天上的众神更着急了，他们聚集在一起商量对策，要赶快把德里比卢找回来。太阳神提出了建议，派鹫去寻找德里比卢神，鹫飞的速度快，眼睛也很锐利，让鹫去寻找比较合适。众神都觉得这个建议不错，于是太阳神唤来了鹫，对它说："你飞到天空、山间、森林和江河湖海，去寻找德里比卢神，找到后马上回来报信。"

鹫听了太阳神的话，立刻飞向了天空，在天空没有发现德里比卢，鹫又找遍了山间、树林、江河湖海，可是依旧没有找到德里比卢神。鹫没有办法，就飞回来向众神报告了寻找的经过，众神听了都很泄气，认为德里比卢不可能找到了。

听到这个消息，德里比卢的父亲提修布更伤心了，他和德里比卢的母亲女神宁多商量。提修布对女神宁多说："宁多，我们将要失去我们心爱的儿子。这样一来，众神和人类都会被活活饿死，我真的不知道怎么办了。"女神宁多说："现在唯一的办法只有靠我们了，你去寻找，我守在家里等待儿子归来。"

暴风雨之神提修布不愿意失去心爱的儿子，也不愿意看着众神和人类饿死，他出发了。提修布找遍了天空、山间、森林和江河湖海，也没有找到儿子。最后只剩下一座城堡没有寻找，提修布把唯一的希望寄托在这座城堡上。城堡的城门紧紧地

闭着，暴风雨之神提修布一挥手，一阵狂风把城门的门闩吹断了，提修布来到城堡中，他搜遍了整个城堡，可是仍然没有找到德里比卢。

暴风雨之神提修布彻底绝望了，他飞到女神宁多那里。女神宁多听了，告诉丈夫不要着急，她已经想到了一个好办法。宁多召集来了很多蜜蜂，足足有几千万只，宁多对蜜蜂们说："你们是一群可爱的小生灵，你们的身体小，动作轻盈，并能穿过很小的缝隙，你们飞得像光一样快，所以你们一定能找到德里比卢藏身的地方。众神和人类的希望都寄托在你们身上了，快去吧，我的孩子们，把德里比卢找回来吧！"

蜜蜂接到女神宁多的命令，就开始向四面八方飞去，去寻找德里比卢神。没多久，一群蜜蜂就发现了一所很隐蔽的房子，房门和窗户都关得严严实实的，房子中一定有秘密！几只蜜蜂从普通人和其他动物无法进入的小洞飞进去，发现德里比卢神真的躲藏在里面，他正在床上睡大觉。蜜蜂们不断地用刺刺他，直到德里比卢气得从床上跳下来。

几只蜜蜂把找到德里比卢神的消息告诉了众神，众神都很高兴，可他们并不明白德里比卢神为什么要躲起来。暴风雨之神提修布告诉众神，他最了解自己的孩子，德里比卢的心眼比较小，可能是哪位天神不小心惹他生气了，他才会躲起来，想要他回来，必须要让他消了气。众神听了，就准备了许多椰子、橄榄和葡萄酒、啤酒，送给了德里比卢。众神又用香油轻轻地涂在德里比卢被蜜蜂刺到的地方，让他感觉舒服些。

可是，德里比卢还是不断地大闹，不愿回去，看来他的怒气还没有消，身上被蜜蜂刺到的地方还很疼。漂亮的女神卡姆露少巴对鹫说："你扇动翅膀，带来些清凉的风，减轻一些德里比卢的疼痛吧！"接着女神又亲自到德里比卢身边，念动咒语，驱散德里比卢心头的怒气，使他变得心平气和。

经过众神的努力，德里比卢的怒气终于平息下来了，他答应从遥远的地方返回以前的住所。众神都聚集在哈达奴基修纳的大树下，欢迎德里比卢的归来。众神为德里比卢建造了一座新房子，那是一幢有七扇大门的美丽建筑，有中央庭院和高高耸起的屋顶，而且屋顶上也装上了明亮的窗子。德里比卢很喜欢这座新房子，高高兴兴地搬了进去。其实他并不知道，众神是为了防止他再偷偷躲到远方，才建造了这座有七扇大门的房子，这样，他就不能轻易地离开房子了。

德里比卢回来了，天上和地上又恢复了以前欣欣向荣的景象，人类和动物又开始了繁殖，花草树木又茁壮成长了，庄稼长势喜人，人间又充满了欢声笑语。

亚洲神话

天帝因陀罗

因陀罗是众神之母阿底提的儿子，他从小就懂事，讲义气，从不对朋友失信，有爱心，周围的神和生灵都很喜欢他。

在当时的宇宙中，阿底提和檀奴的儿子阿修罗们是一种非妖非神的怪物，长着三头六臂，脸色又青又黑，模样凶恶，性情凶残。阿修罗们拥有无穷的力量和法力，还有一支强大的军队，掌握着宇宙的统治权。他们一个个狂妄自大，把谁都不放在眼里，还经常为非作歹，祸害生灵。众神和宇宙中的生灵都对他们不满，众神为了拯救宇宙中的生灵，开始了正义的战争，战争一连打了几千年。

因陀罗一天天长大，成了神中的领袖，他领导着众神和阿修罗们作战。阿修罗们的首领名字叫那牟质，他和因陀罗在很久以前就相识。那牟质看到因陀罗领导的众神在战争中逐渐占据了优势，就想了一个坏主意。

一天，那牟质请因陀罗喝酒，因陀罗很为难，他和那牟质很早以前是一对好朋友，他们还发过誓，不管是在白天还是在黑夜，不管是在水中还是在陆地上，不管是用干的武器还是用湿的武器，他们谁也不能伤害对方。尽管他们现在是敌人，可还要遵守诺言。朋友请自己喝酒，怎能不去呢？守信用的因陀罗接受了那牟质的邀请。在酒席上，那牟质很热情地向因陀罗敬酒，因陀罗多喝了几杯，回到家中就睡

下了。第二天醒来，他觉得浑身一点儿力气都没有，从前的神力全都消失了。原来，那牟质在因陀罗喝的酒中掺进了使人沉醉的修罗酒，喝了这种酒，就会丧失神力。因陀罗很生气，可已经晚了。

因陀罗到天神的医生阿湿毗尼那里治病，阿湿毗尼告诉因陀罗，要想恢复神力，必须把那牟质杀死，然后用他的血制成药液，喝了这种药，就能恢复神力。因陀罗告诉阿湿毗尼，自己和那牟质之间的约定，不能失信于朋友，自己又想不出办法。聪明的阿湿毗尼给因陀罗出了一个主意，在天快要黑了的时候，既不是白天也不是黑夜，在海边激起的浪花中，既不是水中也不是陆地，用蘸了海水泡沫的金刚杵，既不是干的武器也不是湿的武器，在这样的情况下杀死那牟质是不会违背自己的誓言的。因陀罗没有其他办法，也只好照阿湿毗尼说的办了。

战斗又开始了，一直打到天快要黑了，因陀罗把那牟质引到了海边，他在自己的金刚杵上抹上了海水的泡沫，然后念动咒语，金刚杵像箭一样飞向了那牟质，狠狠地打在那牟质的头上，那牟质死了。阿湿毗尼用那牟质的血制成了药液，因陀罗喝下不久，就恢复了神力。因陀罗带领众神把阿修罗们赶到了弥卢山的山洞里，他们再也不敢出来祸害生灵了。

旱魔夫利特把天上的云牛关进了自己的城堡，这些云牛是负责给大地降雨的。云牛被关起来以后，大地上就再也没有下过一滴雨。河流和小溪都干涸了，庄稼颗粒无收，人们每天都在忍受着饥饿和干渴的煎熬，生活苦不堪言。人们每天都向天神祈求降雨，因陀罗很同情人类的生活，决定向旱魔宣战。

因陀罗带领军队和众神，驾着战车，向旱魔夫利特发动了进攻。夫利特带着自己手下的妖魔鬼怪迎战。一时间，天空中喊杀声震天。因陀罗一马当先，冲向了旱魔夫利特。旱魔化作一条巨龙，也向因陀罗冲了过来，他张开大口，发出惊天动地的吼声，吐出一团一团的火焰。因陀罗一点儿也不害怕，用自己无穷的神力，挥动

手中的金刚杵，与旱魔打在了一起。旱魔根本不是因陀罗的对手，不一会儿就败下阵来。因陀罗怕他再祸害人类，追上去一金刚杵把他打死了。因陀罗挥起金刚杵，向旱魔夫利特的城堡砸去，只听到山崩地裂的一声响，城墙被打塌了很长一段，云牛从

里面飘了出来。一时间，天空中乌云密布，因陀罗一挥手中的金刚杵，雷电交加，大雨倾盆。没有多久，小溪和河流中都涨满了水。人们站在大雨中一起祈祷，感谢因陀罗造福了人类。

众神推举因陀罗为天帝，让他做了三界的统治者。

恒河女下凡

恒河是印度一条有名的河流，在印度人的心目中也是一条圣洁的河，她美丽端庄，性情温顺。

阿修罗们经常祸害生灵，天神想为人类除害，就向阿修罗们发起了进攻。天神虽然很英勇，可阿修罗们躲在大海中，波涛汹涌的大海挡住了天神的进攻。看着无边无际的大海，天神一点儿办法也没有，只好求阿羯多大仙帮忙想想办法。阿羯多施展法力，把大海中的水都

吸进了肚子里。阿修罗们无处藏身，只好与天神交战，可他们根本不是天神的对手，天神们打败了阿修罗们。

可新的难题又出现了，海水却无法再回到海里，没有了海水，大海中的生灵无法生活。天神们向宇宙的创始者梵天求助，梵天说要想让大海中重新注满海水，只有找甘蔗族阿逾陀国王跋吉罗陀，他才有这个本领。

当时统治阿逾陀城的国王萨竭罗有两个妻子：克希妮和苏马蒂。两位王后都怀孕了，不久克希妮王后生了一个儿子，样子很英俊，就像天上的天神，萨竭罗国王

很高兴；苏马蒂王后却生了一个大大的南瓜。看着丑陋的南瓜，国王越看越生气，下令把南瓜扔出去摔烂。这时，天上突然传来天神的声音："国王啊，不要把你的亲生儿子摔死。你准备好六万只罐子，每只罐子里都放进一粒南瓜子，再装满油脂，每个罐子都将长出一个儿子。"国王照办了，果然，从每个罐子中都长出来一个样子丑陋的孩子，这样国王一下子就有了六万个儿子。

克希妮的儿子被封为王太子，但他从小就无恶不作，经常欺负善良的人民。萨竭罗国王察觉到了王太子的恶行，很生气，把他赶出了国，并且永远不准他回来。王太子的儿子安舒曼与他父亲完全不同，他正直温和，富有同情心，深受爷爷萨竭罗国王的喜爱。

苏马蒂所生的六万个儿子也像王太子一样，沾染了许多恶习，把什么人也不放在眼里，甚至连天神都敢羞辱。天神们纷纷向梵天抱怨，梵天说不要着急，他们将来总有一天会得到报应的。

有一次，国王举行马祭，按照祭典的惯例，要先把马放出去，然后由国王的儿子随马征战。放出的马一直向干涸的大海奔去，跑到了干涸的海底，突然消失得无影无踪。王子们慌了，因为祭马丢失是不好的兆头。他们在干涸的海底发现了一条很深的裂缝，猜想祭马可能是从这里钻进去了，就命人

158

开始挖，一直挖到大地的最深处，看到一块碧绿的草地，祭马在那里静悄悄地吃草，旁边坐着一位隐士，正在闭目养神。王子们纷纷上前指责那位隐士偷走了祭马。隐士其实是由毗湿奴大神转世的大仙——苦行者伽毗罗。伽毗罗听到王子们的责骂声，突然睁开双眼，眼睛里射出两道愤怒的火焰，刹那就把六万个王子化成了灰烬。

　　王子们的死讯传到阿逾陀城，国王悲痛万分，但他知道这是王子们应得的报应，只能服从天神的安排。萨竭罗死后，王位传给了安舒曼；安舒曼又把王位传给了儿子底离钵；底离钵死后，他的儿子跋吉罗陀登上了王位。

　　跋吉罗陀英武盖世，赢得了天下人的赞誉，但祖辈们不幸的遭遇始终是他心头的一块石头。他决定暂时放弃舒适的王宫生活，到喜马拉雅山下，以最严格的苦行磨炼自己。

　　一千年后的一天，恒河女神被他的行为感动了，愿意满足他一个愿望。跋吉罗陀虔诚地对恒河女神说："女神啊，我苦苦修行一千年，只是为了解救我先人的灵魂。我请求你流向大地，让我先辈的骨灰能接触你纯洁的圣水。"女神答应了他的请求。她登上喜马拉雅山，把恒河水从天上倾泻下来。

　　河水流入干枯的大海，冲刷着萨竭罗国王六万个儿子的骨灰。王子们的罪过被洗刷了，灵魂升入了天国。

　　从那以后，恒河水开始在大地上奔流不息，滋养着这片土地。

大鹏鸟救母

梵天的两个女儿——迦德卢和毗娜达都嫁给了高仙迦叶波。一年后,两人都怀孕了,迦德卢生下了一千个蛋,而毗娜达只生下了两个蛋。她们把这些蛋放到带湿气的钵子里去孵,孵了整整五百年,迦德卢的儿子们从蛋壳中出来了,她得到了一千个蛇儿子,很高兴。可是毗娜达的两个蛋却一点儿动静也没有。

看到迦德卢高兴的样子,毗娜达有些等不及了,也想快一点儿见到自己的儿

子，她忍不住敲开了一个蛋，只见儿子上半身已经长好，下半身还没有成形。蛋里的儿子十分生气，流着泪告诉母亲："我被你弄成这个样子，我将永远陷于水深火热的痛苦之中。你和迦德卢将有一番争斗，你注定要失败，成为她的奴隶，受尽折磨，服侍她漫长的五百年。你的另一个儿子将会解救你，你要将剩下的蛋守好，不要心急地去敲破蛋壳了。"说完，他从蛋壳中飞了出来，飞上了天空，很快就消失得无影无踪。

毗娜达非常后悔，因为自己太心急，毁了儿子一生的幸福。她再也不敢去碰另一个蛋，生怕再出了意外。每天细心地照看，耐心地等待着另一个儿子的出生。

有一天，迦德卢和毗娜达在一起聊天，突然看见一匹神马从她们面前

飞奔而过。毗娜达说:"好漂亮的白马啊!"迦德卢却说:"不,你看错了,那匹马全身是白色的,尾巴却是乌黑的。"她们都很相信自己的眼力,坚持自己的意见。于是她们打了一个赌,谁输了就给赢的一方做奴隶。迦德卢回去后,看到马的确是全身都是白的,她不甘心失败,就要了一个花招,让一个儿子变成一簇乌黑的毛,附到神马的尾巴上去。结果当然是毗娜达输了,为了兑现承诺,毗娜达成了迦德卢的奴隶。

　　五百年后的一天,只听惊天动地的一声响,剩下的那个蛋炸开了,一只金光闪闪的大鹏金翅鸟破壳而出,顷刻变得硕大无比,身上的羽毛发出夺目的光。毗娜达看到自己的儿子出世了,心中非常高兴!正当她沉浸在无比的喜悦之中时,迦德卢走了过来,恶狠狠地说:"你这个下贱的东西!我要到龙蛇居住的快乐岛去玩,快背我去!"毗娜达不敢违抗,收起脸上的笑容,弯下腰背起迦德卢,又让大鹏金翅鸟背着迦德卢的蛇儿子们,飞到了快乐岛。

　　尽情游玩了一阵后,众蛇子又对金翅鸟吆喝起来:"喂,这里我们已经玩够了,你再背我们到别的小岛去。"金翅鸟很不喜欢那些样子丑陋的蛇,心中很不高兴,他不解地问母亲,为什么要听从蛇的吩咐,毗娜达便把自己和迦德卢打赌的事告诉了儿子。金翅鸟

听了，心里很难受，他不愿意让自己的母亲受迦德卢的指使，他问那些蛇子们："你们要什么条件，才能让我母亲摆脱奴隶的身份？"众蛇子说："只要把仙人从乳海中搅出的仙露给我们就行了。"

为了解救母亲，金翅鸟决心去三十三重天盗取仙露。三界之主天帝知道金翅鸟要来偷仙露，早派了众天神把藏仙露的地方团团围住，拿着武器严阵以待。金翅鸟并没有害怕，而是用他巨大的翅膀扇起飓风，只刮得飞沙走石，尘土弥漫，天神都被埋在了沙土中。就这样，他顺利地得到了仙露。

天帝看到金翅鸟，很佩服他的勇气，不但没有责怪他，还夸奖他有孝心，并且答应一定满足金翅鸟一个愿望。天帝告诉金翅鸟，是那些蛇捣了鬼，在打赌中赢了

他母亲，他的母亲才沦为奴隶，受了五百年的屈辱。金翅鸟听了很生气，他请求天帝说："请您让那些丑陋可恶的大蛇做我的食物吧，我以它们为食，才能洗刷我母亲遭受的耻辱。""好，英勇不凡的大鹏鸟，我答应你，这也是那些蛇应得的报应。"天帝说。

金翅鸟把仙露带了回去，对众蛇子说："仙露我取来了，放在草丛里。你们沐浴祈祷之后，服下才会有效。你们的要求我已经做到了，从现在开始，我的母亲不再是奴隶了。"众蛇子看到那金钵中芳香的仙露，个个都流出了口水，便说："好的，你母亲不再是奴隶了。"说着，他们赶忙去沐浴。这时，天帝从天而降，捧起仙露飞回三十三重天去了。

大鹏金翅鸟凭自己的勇敢机智，把母亲从奴隶的处境中解救了出来。从这以后，天帝就让金翅鸟以蛇为食，作为对蛇的惩罚。

富士山的传说

很久以前,有位伐竹老人在山里捡到一个小女孩,她是从天上的月宫里掉下来的,三寸大小,老人很喜欢,给她起名叫"竹子"。

竹子吃了人间的食物,长得快极了。三个月后,小女孩已经出落成了美丽的大姑娘。

邻居有一个叫十三郎的打铁小伙,是个心灵手巧的工匠,他爱上了竹子,竹子也很喜欢他。可皇家的三个儿子也都想娶竹子为妻。

一天,大皇子一太郎来到了竹子家,还带来很多金银财宝作为彩礼。竹子却对他说:"如果你真爱我,就替我去取一只铁酒杯。它薄得像蝉翼,里面装满了宝石,有个妖怪在印度看守着它。我等你一百天。"

一太郎想,去印度取铁酒杯实在是太冒险了,不仅路途遥远,还有妖怪把守,我可以找个能工巧匠替我做一个。一太郎让家奴为他寻

访了一个手艺高超的铁匠来打造酒杯。九十九天过去了,铁酒杯做好了。大皇子一太郎穿上礼服,把装满钻石的铁酒杯放在匣子里,恭恭敬敬地送到竹子家里来。他夸口说,为了这个酒杯,他动用了皇家的兵马,损失了一百个士兵的生命才战胜了妖怪,得到了这只珍贵的酒杯。正在他得意忘形的时候,铁匠十三郎走出来说:"尊贵的殿下,您的酒杯其实是我打造的。您的家奴答应给我丰厚的工钱,到最后却一个铜板都没有给我。这个酒杯应该属于我。"

大皇子听了这句话面如土色,灰溜溜地走了。

大皇子前脚刚走,二皇子仓石就来了。他说:"竹子,我才是真心爱你的人,你

说吧,什么样的聘礼我都能够给你!"

竹子说:"中国的东海有座蓬莱山,山上有一棵神奇的樱桃树,树上有一个枝丫是银子做的,结着钻石的果子,有一条凶猛的龙看守着它。你如果能拿来樱桃枝,我就嫁给你。我给你一百天时间。"仓石也像哥哥一样让铁匠来打造樱桃枝。

九十九天过去了,二皇子仓石穿上礼服,把镶嵌了钻石的樱桃枝放在匣子里,恭恭敬敬地送到竹子家里来。他夸口说,为了这个樱桃枝,他动用了皇家的十条大船。这时候,十三郎走出来说:"尊贵的殿下,您的樱桃枝其实是我打造的。您亲口答应给我五十两银子作为工钱,到最后却一个铜板也没给我。这个樱桃枝应该属于我。"

二皇子看到说这话的人正是那个铁匠,赶紧用扇子遮住脸,灰溜溜地走了。

这回轮到三皇子道太了,竹子说:"如果你愿意,你就去中国的昆仑山帮我捉一对金鸟。它们是西王母的宠物,被十头猛虎看守着。我给你一百天的时间。"

道太和他两个哥哥一样,根本没有去冒险,也找了一位能工巧匠,为他打造了

一对金鸟。九十九天过去了,道太兴冲冲地捧着金鸟来见竹子,并吹嘘说,为了金鸟他吃尽了世间所有的苦,把他父皇的一支军队都葬送在了昆仑山,才换回了这对金鸟。

就在这时,十三郎从屋里走出来,手里捧着一对一模一样的木头做的鸟儿。十三郎说:"殿下,您的金鸟其实是我打造的。您答应给我两颗钻石作为回报,可是鸟儿做好了,您就忘记要付报酬这回事了。"

道太羞得满脸通红,只好扔下金鸟,钻进轿子里跑了。

十三郎把金鸟送给了竹子,对她说:"我才是真心爱你的人,嫁给我吧。"竹子说:"我愿意和一个勤劳诚实的人生活在一起。"于是伐竹老人就给他们主持了婚礼。不久,天皇知道了三个皇子因为求婚而丢尽面子的事。他很生气,就派了一队兵马来捉竹子和铁匠,还到处散布谣言,说竹子是妖怪,要处死她。

竹子和十三郎一起逃到一座大山顶上,追兵从四面八方爬上来,眼看就要捉住他们了。山顶上没处躲,只有一条深不见底的裂缝。于是两个人紧紧地拥抱在一起,从山的裂缝处跳了下去。从此,这个裂缝处就常常喷出一股股火焰。有人说,那里冒出来的烟火就是他们做饭时升起的炊烟。

从此以后,人们就把这座山叫作"富士山",意思就是"不死的山"。

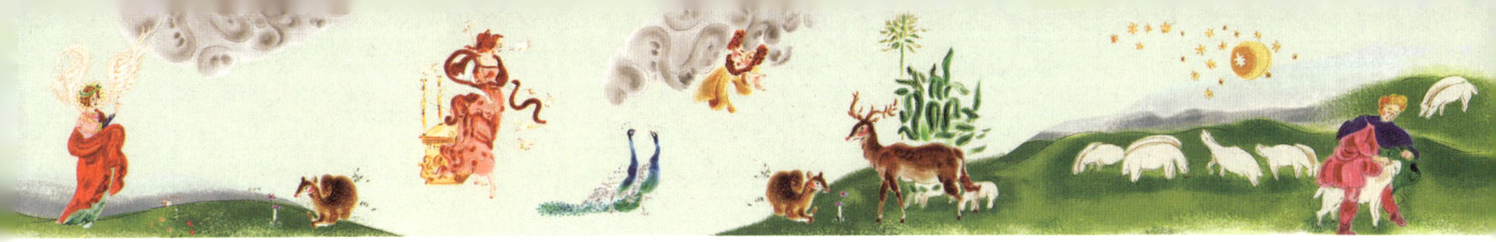

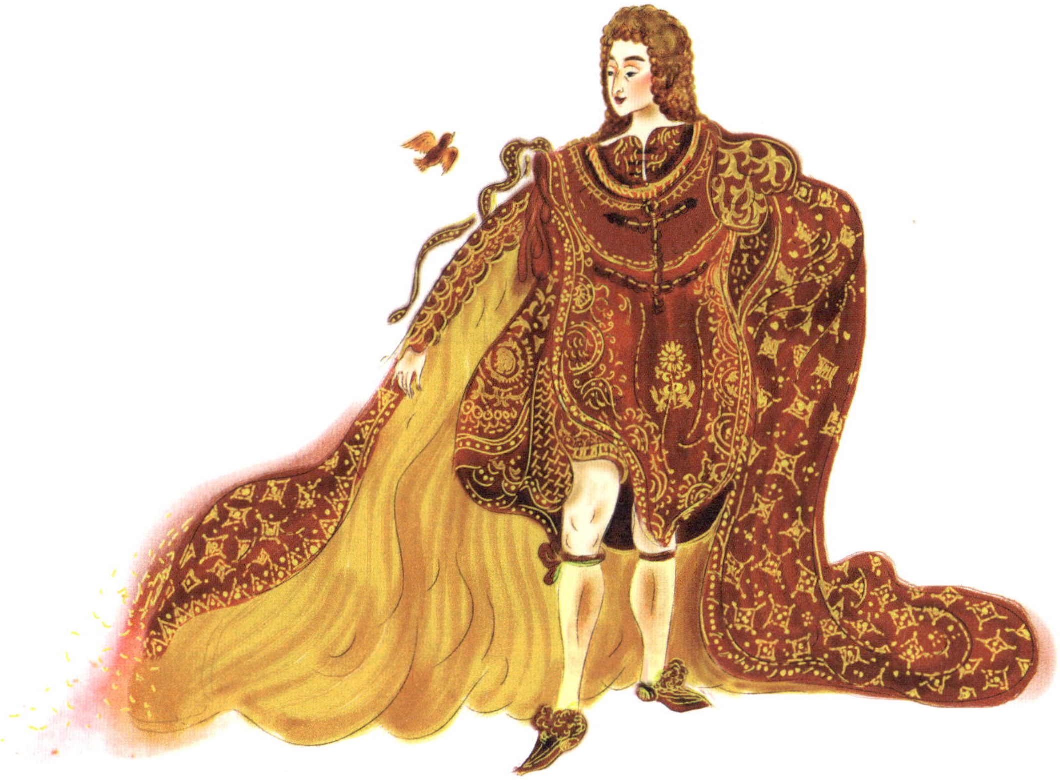

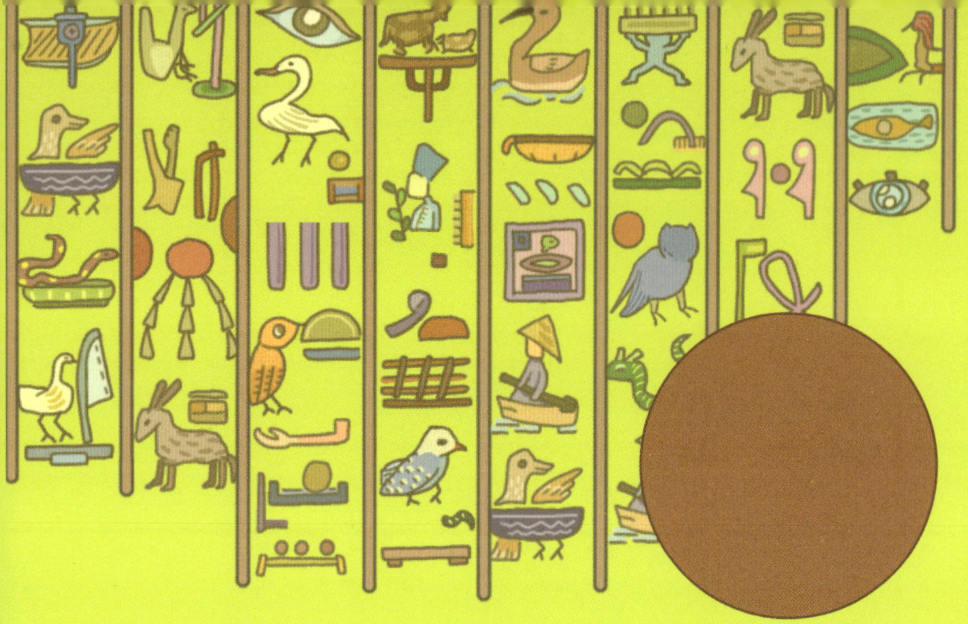